パラダイス・モーテル

エリック・マコーマック

増田まもる◆訳

東京創元社

THE PARADISE MOTEL
1989
Eric McCormack

This book is published in Japan
by TOKYO SOGENSHA Co., Ltd.
by arrangement with Penguin Group (Canada),
a division of Pearson Canada Inc.
through Tuttle-Mori Agency, Inc., Tokyo

目次

パラダイス・モーテル

プロローグ

パラダイス・モーテルのバルコニーの枝編み細工の椅子にすわって，彼はうつらうつらとうたたねしている。地面にうずくまるような羽目板の建物は、浜辺のかなたの北大西洋に面している。灰色の空のしたに灰色の海が広がっている。男は厚いツイードのオーバーと手袋とスカーフを身につけている。ときおりそうするように、目を開けるたびに、灰色の海とわずかに淡い灰色の空とが出会う、何マイルもかなたの水平線をながめることができる。今日ならこの海は、目のとどくかぎりきちんとした筆記体におおいつくされた、巨大な手書き原稿にたやすくなれるかもしれないと男は考える。岸に近づくにつれて、文字はしだいに鮮明になり、書かれていることばが読みとれるかもしれないと男は考えつづける。それから波はザブン！と音をたてて、薄茶色の砂と、黒い岩と、古いコンクリートの防波堤に砕けちる。なにが書かれていたとしても、そのことばは浜辺の白い泡と消えてしまう。

この男の名前は、じつは、わたしの名前なのだが、エズラ・スティーヴンソンという。わたしはこの物語でささやかな役割を演じる。主要な登場人物は四人のマッケンジーであるが、彼らの幼年時代は謎めいているか、ひょっとするとおそろしいものであり、その後の彼らの運命がおもな主題となる。そのほかの登場人物も重要である。退職した新聞記者のJP、哲学的な元ボクサーのパブロ・リノウスキーと呼ばれる男、《自己喪失者研究所》の所長のドクター・ヤーデリ、答え（不安な宇宙での慰めのことば）を探し求めるわたしを手伝ってくれた旧友と学者、そしてあとひとりかふたりである。

もちろん、わたしの祖父のダニエル・スティーヴンソンを忘れることはできない。彼こそが、マッケンジー家の物語をわたしに話してくれた人物なのだ。三十年間の失踪のあとで、祖父が死ぬために帰ってこなかったならば、はたしてわたしは彼らの物語を聞いていただろうか。

おそらくだれも聞いていなかっただろう。個人の人生に関しては、ほとんどつねに、無情なエネルギーを秘めた時間が、記憶に値する人々をわれわれもろとも消し去ってしまうからだ。それはわたしにとって、大いなる慰めであるばかりでなく、歴史の悲しい教訓でもある。

第一部　ダニエル

大きくなるにつれて、わたしはしだいに、十二歳のときに死んだ祖父のダニエル・スティーヴンソンに似てきた。毎日毎日、鏡をながめるたびに、そこに祖父のおもかげを見いだすのである。瞳の色は祖父と同じ緑色だった。十五歳になったときには、祖父と同じ身長になり、顔つきもひどくほっそりしてきたので、似ているという印象はいっそう強まった。表皮におおわれた核のように、ずっと前から祖父の顔がわたしの顔の奥に隠れていたかのようだった。見知らぬ人がそのことを指摘するたびに、祖母のジョアンナと母のエリザベスはいやな顔をした。わたしはといえば、べつにわくわくもしなかった。なぜかといえば、死んで横たわっていた祖父の姿をよく憶えており、けっして忘れることができなかったからだ。祖父の年齢まで長生きしてベッドで死んだなら、いつか自分もそんな姿になることがわかっていたのである。

わたしが祖父とすごしたのはたった一週間だったが、そのあいだ、ふたりは会話に熱中した。ふりかえってみても、祖父が三十年前にミュアトンを逃げだした理由をたずねなかったのも不思議ではないと思う。こどものなかには、あまりにもずれているために、そういう質問を夢見ることさえできないものもいるのだ。わたしが質問の必要を感じないうちに、祖父はたえずヒントをあたえてくれた。祖父には、ひどく個人的なことを話そうとするときに、わたしの目をまっすぐみつめない癖があった。

たとえば、しわがれ声で「エズラ、わしがここを出ていったのは奇跡だった。計画していたわけじゃないんだ」といったときのように。

祖父はしばらく考えているようだった。それから、こういった。「凪《な》いだ海のスコールのようなものだ。ともかく起きてしまったんだ」

またあるとき、祖父はこういった。「ミュアトンがわしには固すぎたのか、それとも、わしがやわらかすぎたんだな。どっちだかわからんが」

それにまた、あるときも。「ここの空は坑道を思い出させたものだ。けっしてまっすぐ立てないような気がしたんだ」

それが祖父が旅について話していないときによくいうせりふだった。それに祖父は、ミュアトンの人間が一度も使ったことのない『醜さ』とか『美しさ』といったことばをよく使った。きっとどこかに美しさがあるにちがいない、そいつをさがしに行こうと思ったんだと祖父はいった。

三十年前、祖父がパタゴニアの旅について話してくれた午後は、いつものようにうっとうしいミュアトンの午後で、激しい雨が、スレートの屋根と、祖父が横たわる屋根裏部屋の煤《すす》けた窓をざあざあと洗っていた。その雨が連想させたのかもしれない。さもなければ骨が。祖父はズボンのポケットからとりだしたがらくたをわたしに見せているところだった。中国の墓から出たという穴のあいたスズの硬貨。複雑な結び目のできたオルバの麻紐（それをほどくと悪運にみまわれるという）。一千年前のマヤ文明の赤い陶器の破片（赤い色は人間の血だという）。骨はといえば、それは灰色がかっていて、三本マストの帆船の彩色彫刻がほどこされており、その帆は描きこまれた強風にふくらんでいた。

「《ミングレイ》はこんな姿をしておった」

わたしは祖父のマットレスのはしに腰かけており、目の高さのところで、屋根裏部屋の窓ごしに、歴史にくたびれたような、雨にかすむミュアトンの丘の輪郭をどうにか識別することができた。あるいは、たとえ実際には見えなくても、わたしはその存在を信じており、その現実性を確信していた。祖父が話をするとき、わたしは老人のすえた口臭を嗅ぐことができたが、やつれた顔はいつもほど黄ばんでいなかった。その顔は、三十年前、祖父がまだ元気で、目の前に全世界が広がっていた時代の思い出の洪水によって洗われたかのようにすっきりとしていた。

2

祖父は、《ミングレイ》という音楽的な名前の、小さな三本マスト帆船の甲板員として雇われた。その船は、南アメリカ大陸のはずれにある不気味な不毛地帯パタゴニアまで、科学者と探検家の一行を運ぶことになっていた。そのとき祖父は、パタゴニアのことはなにも知らなかった。その名前は、教科書で心地よく響く外国の地名にすぎなかった。祖父は、その地域が恐竜の墓場として評判になっているとは知らなかった。何十年にもわたって、考古学者たちが地表を引き裂いて、奇妙で巨大な遺骨を発掘していることも知らなかった。

世紀の変わりめ近くに、後背地に残された原住民から、そして急いで通過していく旅人から、小さな丘をひとまたぎするほど大きな、生きた怪獣がふもとの丘を徘徊《はいかい》しているのが目撃されたという噂が広がりはじめた。専門家たちは、原始的なナマケモノの一種のミロドンのようだといった。変化がひどくのろくさかったために、何百万年にもわたる進化ですら変化するのに充分ではなかった生物を、最初にとらえる国になれるかもしれないと期待しながら、各国がパタゴニアにぞくぞくと探検隊を送りこみはじめた。

いうまでもなく、結局は、どの国もそのような怪物を発見できなかった。目撃報告はでっちあげか、夢の世界の夢想家が卵からかえした夢にすぎなかったのだ。

そういうわけで、ダニエル・スティーヴンソンが参加することになった探検隊も、ほかの連中と同じように成功の見込みはなかった。だが祖父にとって、冒険は期待どおりだった。祖父はそれまでの人生の大半をミュアトンの鉱山で働いてすごしてきた。甲板員として雇ってもらうために、探検隊の隊長に嘘八百を並べたてたので、雇われたときには、自分の幸運がほとんど信じられなかった。はじめから、なにもかもがすばらしかった。足元で息づき、きしみ、ゆれている木造船の感触。潮風のにおい。船そのものの秘密。「帆桁《ブーム》」「帆柱《スパー》」「右舷《スターボード》」「左舷《ポート》」「舳先《バウ》」「艫《スターン》」「船首《フォア》と船尾《アフト》」「舷《ガン》縁《ネル》」「船首楼《フォクセル》」「トガンマスト」「ミズンマスト」といった耳慣れないことばの数々。毎日新しいことばを憶えなければならなかった。祖父はいつもまっさきに索具《リギング》をのぼって、ゆれるトップマストと広がる空をめざした。まるで鳥になったような気分だった。いまはもう、どこまでもつづく暗いトンネルに追いこまれた盲目のモグラではないのだ。

航海はいつまでもつづいた。夜になると、天空はまたたく光に満ちあふれたが、星のない夜でも、船の航跡が自分だけの天《あま》の川をつくりだした。昼間には、ダニエルは何時間も舳先に腰をすえて、風のなかに進んでいく船をじっとみつめるのだった。風が強くなればなるほど、《ミングレイ》は断固として前進するのである。祖父は船との大いなるきずなを感じた。

だが船が、ようやく最後の数マイルを岸沿いにくだりはじめたとき、パタゴニアの風景はなんと不快なほど見憶えのあるものだったことか。うずくまるような丘に立ちこめた霧と樹木のない湿地は、ミュアトンの周囲の風景にそっくりだったのだ。まんまとだまされたような、脱出トンネルが監獄の中庭に通じていたような気分だった。いまにもそのあたりから、巨大な観覧車のようなミュアトンの鉱山エレベーターが姿を現わし、石炭の煙のにおいが鼻を刺して、失敗をあざ笑うサイレンが聞こえてくるような気がした。

《ミングレイ》は一マイル沖合に投錨《とうびょう》し、乗組員は一日じゅう糧食を荷揚げしてすごした。波は敵意に満ちた巨大な機械のようで、ひとりの船員の腕を船体とはしけのあいだにはさんでしまい、ほかのものたちを溺死させようとして倦《う》むことがなかった。けれども、ようやく、夜のとばりが落ちる前に、無人の船を警備するために残された基幹乗員をのぞいて、糧食と人員は上陸を完了した。どこまでもつづく白一色の浜辺に、探検隊は流木で焚火を起こし、コックが種なしパン《バノック》と魚のシチューという食事をつくった。

3

こうしたパタゴニアの夜を、ダニエル・スティーヴンソンはけっして忘れなかった。焚火《たきび》のまわりの光の輪のなかに集まって、その背中で夜をしめだしながら、男たちはラム酒のマグカップを手にして、いまだ南への航海の途中で船首楼のハンモックに横たわっているかのように、物語に興じるのだった。

ダニエルがそのとき聞かされた物語のひとつは、三十年前、パタゴニアで、その場所の風景の荒涼さとともに、祖父の心にしっかりと根づいてしまった。そのときまでに、探検隊は、およそ一週間、内陸へと旅をして、山麓の丘陵地帯の高原にキャンプを設営していた。雨の冷たい夜だった。物語の語り手は、機関士のザカリー・マッケンジーだった。彼の仕事は《ミングレイ》の補助エンジンの保守管理である。

彼は若い男で、背が高く、金髪はすでに薄くなりはじめていた。彼には医学の心得があった。ダニエル・スティーヴンソンが南への航海の初期に、ラチェットで手を負傷したとき、マッケンジーは毎日洗浄して湿布してくれた。ダニエル・スティーヴンソンが治療のために彼の船室をノックしたとき、機関士が黄ばんだノートになにやら書きこんでいることがしばしばあった。彼はダニエルに中断されたことをまったく気にしていないようだった。ひょっとすると、わたしの専門が船のはらわたで、あなたも地球のはらわたに精通しているから、われわれは気が合うのかもしれませんねと彼はいった。彼がユーモアらしきものを口にしたのはこのときだけである。

だからといって、彼がダニエルに語ったもうひとつのコメントが、おかしさを狙ったものだというわけではない。そのころには、ふたりは打ち解けた仲になっており、愛や女について話しあってきた。

「わたしは恋をしたことがありません」ザカリー・マッケンジーはいった。「はっきりいっておきますが、ダニエル、恋をしたことがない男をあまり信用してはなりません」彼は笑わなかった。

このザカリー・マッケンジーこそ、遠い昔、パタゴニアで、水色の瞳を鉄板のように焚火の光にきらめかせながら、その物語を語った男である。

4

ずっとあとになってから、あのじめじめした屋根裏部屋で、ダニエル・スティーヴンソンは、この話はだれにも聞かせたことがないと念を押した。

「エズラ、これがはじめてなんだよ」

ちょっと間をおいて、祖父はことばをつづけた。「一度もないんだ、一度もな」

それからしばらくして、祖父はまたゆっくりといった。「そうなんだ、エズラ。はじめてなんだ」

それから祖父は黙ってふたをもちあげ、三十年前に封印された箱のなかをのぞきこんだ。祖父の黄緑色の瞳は燃えていた。それがどんな夜だったか、パタゴニアの闇のなかの焚火のまわりで、だれがどこにすわっていたか（もう全員死んでしまったが）、祖父ははっきりと憶えていた。

わたしの耳にはずいぶん弱まった雨音が聞こえていた。それはまだ、汚れた窓のかなたの瓦屋根や、打ちひしがれたように平坦な丘に、自分自身の物語を話していたが、ずっとおとなしくなっていた。

5

焚火はパタゴニアの夜の巨大な腹を切り裂くまばゆい光だった。蝙蝠《こうもり》がその光を出たり入ったりしながら旋回し、雨は燃える薪にそっとささやきかけていた。丘はとっくに見えなくなっていた。

機関士がふいに口を開いた。みんなの興味をひくような話を思い出した、それも実際にあったことだと彼はいった。彼は島の出身で、だれも見ることの許されないメモを書きこんだノートを船室にしまいこんでいる男だった。その手は燃料油と重い鉄パイプに精通していたが、ピアニストか外科医のように優美な指をしており、夢想家らしい曇った青い瞳の持ち主だった。彼はほかの連中とともにしゃがみこんでいたが、立ちあがってひっくりかえした樽に腰をおろした。それから、おだやかな北方訛りの声で話しはじめた。

「わたしがこどものころ、町で奇妙な事件が起こりました。南方訛りのある新しい医者が、妻と四人のこどもを連れて島のはずれにやってきました。男の子ふたりと女の子ふたりで、みんな十歳にもなっていませんでした。医者はやせていて、蛇のような頭をしていました。彼の妻は美人で、長く美しい髪の毛を丸く束ねており、いつも楽しそうに歌っていました。わたしが彼女について憶えているのはそれだけです。

一か月もしないうちに、その事件が起こりました。九月のある晴れた朝に、この新参の医者がひどくあわてたようすで警察署のデスクにやってきて、妻が行方不明になったと訴えたのです。前日、いつものように散歩に出かけて、もどってこないというのです。騒ぎを起こしたくなかったので、彼はあちこちさがしまわりました。しかし、とうとう心配でたまらなくなったのです。

警察はさっそく動きはじめました。まっさきに彼女が本土行きのフェリーに乗っていないことを確認してから、捜索隊が組織されました。男たちの多くが狩りだされました。彼らは二日間、昼も夜も捜索しましたが、手がかりはまったくみつかりませんでした。

いつまでもそうこうしてはいられません。四人のこどもたちは、翌日、いつものように登校しました。しかし、あまり具合がよくなさそうでした。四人ともずっと泣いていたみたいにやつれて青ざめていました。いちばん人目を引いたのは彼らの歩きかたです。まるで老人みたいにぎくしゃくしていたのです。

島のこどもたちは彼らのことをあまり知らなかったし、とても遠慮深かったので、母親の失踪となにか関係があるのだろうと思いながらも、どうしたのとたずねることはできませんでした。

しかし、登校しはじめて二日目に、少女のひとりが、当時六歳ぐらいでしたが、授業中にひどく気分が悪くなり、ひきつけを起こして床に倒れたかと思うと、おなかを押さえてうめきはじめました。

老女教師が少女を職員室に連れていき、毛布と枕をあてがって楽にさせてやりました。それから父親の医者に電話して、すぐに迎えにきてくれといいました。

少女は苦しそうにうめきつづけ、女教師はどこが痛むのか聞きだそうとしました。少女は痛いとしかいわないでしばらくためらっていましたが、そのうちに教師が本気で心配しているのがわかったのでしょう。服のボタンをはずしはじめました。

だがそのとき車が到着し、父親である医者が『だめだ！　だめだ！』と叫びながら職員室にとびこんできて、少女の体をかかえあげました。それから彼は残る三人のこどもたちを迎えにもどってきて、ひとり残らず車で連れ去ってしまいました。

女教師はもう黙っていられませんでした。彼女は警察署に通報しました。ただちに、巡査部長と警官が海に突きだした崖のうえにある医者の家に急行しました。ふたりはドアをノックして、いかにも不安そうな医者が姿を現わすまで、数分間じっと待ちました。巡査部長はこどもたちに会いたいといいました。医者は最初、こどもたちの具合が非常に悪いから会わせられないと答えましたが、巡査部長がゆずらなかったので、三人は屋内に入りました。

こどもたちは海に面した大きな部屋のベッドに横たわって、いかにも具合が悪そうでした。巡査部長はなすべきことを心得ていました。彼はこどもたちに服の前を開けてくれとたのみました。こどもたちは、苦痛にうめきながらも、そうしました。

こどもたちの苦痛の原因がわかりました。

四人のこどもひとりひとりの腹部の中央に、大きな切開手術の傷跡があったのです。それは縫合したばかりの傷口で、炎症を起こしていました。

医師である父親は、立ちつくして一部始終をみつめていましたが、声もなくすすり泣いていました。こどもたちが手術を受けたわけを巡査部長がたずねても、彼は答えようとしませんでした。

巡査部長は救急車を呼んで、四人のこどもたちを島の反対側の病院に運びました。研修外科医は親切な男で、巡査部長の心配を見てとりました。彼はいちばん苦しんでいる末娘を、ちょうど数人の看護師のために病理学の授業をしようとしていた階段手術教室に運ぶように命じました。少女は麻酔をほどこされました。傷口からは血のまじった膿《うみ》がじくじくとにじみ出ていました。少女がひどく苦しんでいたのも無理はありません。

研修医は縫合された傷口を切開しました。指をすべりこませて内部を探りました。かたまりのようなものがみつかりました。鉗子《カリパス》を使って、どうにかつかむことに成功しました。彼はそれをそっとひっぱりだしました。

手術台の周囲に集まった人々は、死ぬまで忘れられないものを目にしました。研修医が鉗子《カリパス》にはさんでひっぱりだしたものは、血と膿にまみれた人間の手首だったのです。彼がつかんでいたのは親指だったので、中指にはまった金の結婚指輪と、長い爪にほどこされた深紅のマニキュアを、はっきり見ることができました」

機関士はそこで話を中断し、マグカップからラム酒をひと口飲んだ。夜は肌寒くなっており、探検隊のメンバーは焚火のぬくもりにいっそう身をかがめていた。機関士は物語を再開した。

「こうして彼らは、新しい医者が妻を殺害したことを発見したのです。彼は妻の体をばらばらに切断して、それをこどもたちの体内に埋めこんだのです。四人のこどもたちひとりひとりに両手首と両足首が埋めこまれていました。あとになって、家族のペットであるハイランドコリーと茶褐色の大きな猫が、虫の息で屋内に横たわっているのが発見されました。その腹部にも切開した傷口がありました。島の獣医が犬の体内から女性の眼球を、そして猫の体内から耳を発見しました。

外科医はのちに、あんなおぞましい手術は二度とやりたくないと証言しました。あの男にもっとたくさんこどもとペットがいたならば、彼女の体の各部分を残らず隠すことができたにちがいないともいいました。実際には、ひとりの漁師が彼女の肉体の残りの部分を海岸の岩のしたに発見しました。

だがあの父親の腕はすばらしいものだと彼はいいました。あれほどみごとなメスさばきを見たことはないと。殺人犯本人はなにもいいませんでした。こどもたちは助命を嘆願しましたが、彼はのちに死刑を宣告されました。島の住民たちは、たたりをおそれて、島で絞首刑が執行されるのを許しませんでした。けれども島民らは、彼が本土で絞首刑になることには反対しませんでした。結局彼は本土で処刑されました」

機関士は語り終えた。たったいま語ったことの真実性を保証するかのように、彼はかすかに頭をうなずかせていた。

「おれはひとことも信じないぞ」乗組員のひとりで、ロンドン出身の金髪の男がいきまいた。「とんでもない話だ！　人体が死体の隠し場所に使えるみたいじゃないか！」

焚火のまわりにすわっている人々の多くも、ほんとうはすべてジョークだったのだという考えにほっとして、くすくす笑いはじめた。

機関士は樽からゆっくりと足をおろした。薪に降りそそぐ雨の音もさっきよりやかましくなっていた。薪までがいまの話について議論しているかのようだった。蝙蝠が焚火の光を出たり入ったりしながら旋回しており、くっきりと姿を現わしたかと思えば、つぎの瞬間には夜の闇に飲みこまれていった。

機関士はテントに向かうつもりのようにしばらくたたずんでいた。だが、そうするかわりに、防水コートのボタンをゆっくりとはずしはじめた。高級船員の黒いズボンにたくしこまれた白いシャツが現われた。彼はシャツの前をズボンからひっぱりだして顎まで引きあげ、腹をむきだしにした。ウエストラインのすぐうえに、真横に走る長い傷跡が見えた。それは北方人の青白い肌を切り裂く九インチほどの白い波模様だった。

男たちは静まりかえった。機関士は入念にシャツをズボンにたくしこみ、防水コートのボタンをとめてから、くるっと背中を向けて闇のなかに歩き去った。

6

祖父ダニエル・スティーヴンソンの話もそろそろ終わりにさしかかっていた。屋根裏部屋の薄暗い光のなかで、黄緑色の瞳は、経過した三十年の歳月がひたひたと満ちてくるにつれて、また老いはじめた。

「翌日、わしは機関士にこどもたちの名前をたずねた。みな聖書にちなんだ名前だと彼はいった。姉妹はレイチェルとエスター、兄弟はエイモス。そして彼自身はザカリーだと。よく聞いてくれたと彼はいったよ」

その話をしてくれたとき、ダニエル・スティーヴンソンはあおむけに横たわっており、唇はほとんど動いていなかったので、その頭は頭蓋骨そっくりで、悪臭芬々《ふんぷん》たる小さな黒アリが顎の骨にびっしりとたかり、その肢がかさかさと鳴って、「レイチェル」「エスター」「エイモス」「ザカリー」といった音をたてているみたいだった。生命の維持に欠かせないなにかが切りとられたかのように、祖父はぐったりと横たわっていた。物語のあいだ、祖父のしわがれ声は、このわたし、エズラ・スティーヴンソンのほかは、世界じゅうのだれにも聞かせまいとするかのように、ときには灰色の瓦屋根にしとしと降りつづける雨音と同じくらいかすかになることもあった。

7

すでに述べたように、わたしは祖父のダニエル・スティーヴンソンと一週間しかことばをかわさなかった。祖父は、三十年前、荒野の高地にあるわれわれの村、ミュアトンから逃げだした。陰鬱な九月のある朝、祖父は、早番のために、五人の男といっしょに炭鉱に通じるサンザシの垣根の道を歩いていた。時刻は午前六時三十分直前だった。赤煉瓦の鉄道駅の前を通りかかったとき、週一回の旅客列車がちょうど海岸に向かって出発しようとしていた。ダニエル・スティーヴンソンは、旅の装いはしていなかったが、仕事仲間にそっと別れを告げ、駅の金網フェンスをとびこえて、すでに動きはじめていた列車に乗りこんだ。ミュアトンに妻と幼い息子を残して。

そして三十年後にもどってきたのである。

またしても九月のことだったが、天候は寒くて風が強かった。ミュアトンでは、冬と夏を区別するのがむずかしいことがよくある。泥炭地《ムアランド》の丘陵地帯では、気温があまり上昇しないからだ。しかし、九月のある時期に、そこに生えるわずかな樹木は葉を落とし、うんざりしたように冬支度をはじめる。

その九月に、ダニエル・スティーヴンソンは帰郷した。ほんとうは帰宅したというべきかもしれない。だれも気づかないうちに家にもぐりこんだのである。夜中にもぐりこんだにちがいない。鍵のかかったドアによって助長される犯罪よりも、夜盗のほうがずっと珍しいミュアトンのような村では、ドアにはめったに鍵をかけないからだ。ダニエル・スティーヴンソンは裏口から入りこみ、台所の茶色のリノリウムの床をそこそと通り抜けて（床磨きと調理のにおいに気づいたのだろう）、屋根裏部屋に通じる階段の茶色に塗られたドアに向かい、それから建物の側壁に沿って、もともと女中部屋だった屋根裏部屋へとつづくせまい階段をのぼっていったにちがいない。そして腰をおちつけたのだ。

どうしてわれわれの家がわかったのだろう？　成長した息子のジョン・スティーヴンソン（わたしの父である。彼は歌を歌ったことがなく、地域のコーラスにも参加しないことで有名だった）は、ちょうど三年前に炭鉱のマネージャーになっていた。そのときはじめて、われわれは炭坑夫の家が建ち並ぶせまい長屋から、炭鉱の元所有者の邸宅である、村はずれのこの大きな家に移ったのである。

どうしてあの老人は、われわれがここに住んでいることがわかったのだろう？　もぐりこむ前に、しばらくわれわれのようすをうかがっていたのだろうか？　まさか。この村では、よそものは目立ちすぎるほど目立つのだ。それにだいいち、三十年もたったあとで、どうやって自分の妻と息子を見分けることができたのだろう？　だれか共謀者がいたのだろうか？　あとになっても白状しなかった人間が？　ひょっとするといたのかもしれない。こういったことは、いまとなってはたしかめようがない。たしかなのは、ある夜、祖父が裏口から台所を通り抜け、古いスリッパをはいて（これは注目に値するポイントだ）、用心深く屋根裏部屋にのぼっていったことだ。階段は主寝室の壁の一部を通っているから、用心が必要なのだ。スティーヴンソン家の人間は眠りが浅いのである。

8

祖父の帰宅にまっさきに気づいたのは、わたしの祖母、ジョアンナ・スティーヴンソンだった。祖母は中肉中背の女性で、灰色の瞳をして、（鼻がわずかに左に曲がっていたが）整った顔立ちをしており、髪の毛はからみあった蛇の形に彫られた木の留金で束ねていた。長い白髪の中央には、歳をとらなかった濃い黒髪のすじが残っていた。

三十年間とっておいたくたびれたフェルトのスリッパが、裏口の靴箱からなくなっていることに気づいたのも祖母だった。食料貯蔵室からパンとチーズとリンゴとミルクがなくなっていることに気づいたのも、祖母だった。それは彼女の食料貯蔵室なので、まちがいなかった。台所は祖母の管轄だったのである。

祖母はなにもいわなかった。

祖父が帰宅して日も浅いころ、わたしの母のエリザベス・スティーヴンソンは、一、二度、屋根裏部屋の床がかすかにきしむ音を聞いたような気がした。母はミュアトンの女性の多くに特徴的な、おだやかな顔つきとぽっちゃりした体つきをしていた。だが、幼いときに孤児になったので、気性の激しい女性だった。だから屋根裏部屋で物音がしたとき、母はジョン・スティーヴンソンに向かって、ハツカネズミか、ことによるとドブネズミかもしれないから、棒切れをもって屋根裏部屋にあがり、音をたてている動物を殺してきてといった。殺すべきものを殺さないのは愚かなことだというのが母の口癖だった。家を清潔に保つのは母の管轄だったのである。

わたしの父、ジョン・スティーヴンソンは、赤毛の男で（赤毛もミュアトンではありふれた特徴のひとつである)、炭鉱仕事のせいで肩がいかつく、一日じゅうほかの男たちを指図している男だったが、家庭ではエリザベスに喜んで服従していた。けれどもそのときは、祖母のジョアンナが反対した。いまごろハツカネズミやドブネズミのはずがないわ、風じゃないのと祖母はいった。エリザベスは長いあいだ、じっと祖母をみつめつづけた。

9

ジョアンナの行動が変わりはじめたのもそのころである。いつもは早く床につき、わたしよりも早いぐらいだった。しかも、そのときわたしはたった十歳だったのである。ところがそのころから、読みたい本があるとか(それまでの十年間、わたしは祖母が本を読むところを見たことがなかった)、編み物をしたいとかいって、だれよりも遅くまで起きているようになった。あるいは、暖炉の前に少し長くすわっているようになった。

われわれがおやすみなさいといって自室にひっこみ、ぐっすり眠ってしまったあとで、祖母はいったいなにをしていたのかというと、食器戸棚から古い五十周年祝典の錫《すず》の盆をとりだし、バターを塗ったパンと、ひょっとするとひと切れのビーフや、スタウトの瓶や、ルバーブのパイまで載せ、その盆を、清潔なシャツと新しいウールの靴下といっしょに台所の松材テーブルに置いてから、二階にあがってベッドに入っていたのである。

夜のあいだに、知られざる客、ダニエル・スティーヴンソンは、そっとおりてきて盆と着替えを受けとり、またそっと屋根裏部屋にあがっていくのであった。

毎晩毎晩、祖母はこうして祖父のために食事と着替えを用意した。毎晩毎晩、祖父は汚れ物をもどして食料を運んでいくために階段をおりてきた。毎晩遅かったにもかかわらず、証拠を消し去るために、祖母は朝いちばんに起きるのだった。

だから、いうまでもなく、自分が帰っているのを祖母が知っていることを祖父は知っていた。

10

だが、ある朝（祖父は少なくとも二週間は屋根裏部屋にいたと思う）祖母が起きてきたとき、盆と着替えが松材のテーブルに置いたままになっていた。一日じゅう、祖母はどうしたのかしらと心配した。その夜、祖母はまた祖父のために食事を用意しておいた。それから床についたが、心配でほとんど眠ることができなかった。病気になったか、死んでしまったのではないだろうか？　それとも、帰宅した目的を果たして、知らないうちにまたミュアトンを出ていってしまったのではないだろうか？　そんなことは考えたくなかった。夜明け直前に起床して台所におりていくと、着替えと食料はやはりそのままだった。もうほうっておくことはできなかった。

祖母はいままで一度も足を踏み入れたことのない主寝室にまっすぐ向かい、ドアを開けて入っていった。両親のジョンとエリザベスは、もちろん、祖母の足音を聞きつけて、ずんぐりした怪物が産み落とした生物のように、毛布を体に巻きつけて起きあがろうとしていた。

この二週間に家のなかで起きていたことを祖母が告げたとき、両親の脳裏にはいったいどんな思いが去来したことだろう？　いますぐ屋根裏部屋に行って、ダニエルが元気でいるかどうかたしかめてもらいたいと祖母はいった。死んでしまったか、またどこかに行ってしまったのではないかと思うと心配でならないのだと。

なにを考えていたにせよ、ジョン・スティーヴンソンは暖かいベッドを出て、煌々《こうこう》と明かりのともった台所におりていき（のぼるためにはまずおりなければならないのだ）、屋根裏部屋の階段のドアを開けて、万一の場合に備えてほうきの柄を握りしめながら、屋根裏部屋に通じるせまい階段をのぼりはじめた。彼の妻と母は台所に残った。

11

何時間もたってから、ジョン・スティーヴンソンが屋根裏部屋からおりてきたとき、何十年もたってから父親に再会してどう感じたか、女性たちにはひとこともいわなかった。父は自分の感情を口にするような人ではなかった。そのかわりに、聞いた話をふたりに伝えようとした。どんな人間にとっても、あれだけのことばに対抗するのはなかなかむずかしい。ましてそのほとんどが、途方もない経験によって、川の石のようにすっかり磨耗《まもう》してしまっているのだから。口数の少ないジョン・スティーヴンソンは、三十年間の不在についてダニエル・スティーヴンソンが語ったことの輪郭しか伝えることができなかった。これが父の話のあらましである。

ダニエルは、逃げだしたあと、煉瓦職人、港湾労働者、船員といった、自分にふさわしい力仕事に従事しながら、国から国へと渡り歩いた。もっぱら船員である。旅をする生活というやつだ。けれども、最後の十年間は、南太平洋に浮かぶオルバ島で生活していた。その島はコプラのスクーナー船で働いていたときの寄港地であった。そこに女がいて、家族もあった。

一年前、祖父は余命いくばくもないことを知り、三十年間ではじめて、故郷に帰りたくなった。死ぬことはおそれていなかったが、妻、息子、それにもしいるとすれば嫁、それにもしいるとすれば孫（このわたし、エズラだけが唯一の孫であった）にみとられながら死にたくなったのだ。ハイビスカスをヒースと交換して、生まれた場所で死にたくなったのである。

オルバ島とそこでの生活についていえば、島の住民たちは、よそものが彼らの島で死ぬという考えが気に入らなかった。死者の魂が（彼らはそんなものを信じていた）いつまでも鎮まらないのではないかとおそれていたのだ。祖父はずっと前から立ち去らねばならないことを知っていた。人生は旅であり、人はみな旅をはじめた場所、すなわち母港で旅を打ち切るべきだというもので、オルバ島の住民と同じ考えだった。

いまこうして屋根裏部屋に横たわりながら、祖父はどうしても医者を近づけようとしなかった。そんなもののために帰ってきたわけじゃない。人が死んでいくのを何度も見てきたから、死にかたぐらいわかっていると、祖父はジョン・スティーヴンソンにいった。だれにも面倒かけずに死んでいくと。

「きっと梅毒よ」というのが、エリザベスの唯一のコメントだった。

夫である老人の一代記にじっと耳を傾けていたジョアンナ・スティーヴンソンは、なにもいわなかった。その顔と灰色の瞳には、微笑のようなものがかすかに浮かんでいた。

12

祖父はそれから一週間生きながらえた。息子のジョンに会いたかっただけだと祖父はいった。ジョアンナは夫の食事をつくりつづけた（エリザベスは無関係を決めこんだ。「いったとおりでしょう？　屋根裏部屋にはドブネズミがいたじゃない？」）。祖父がもどってきたという噂は村じゅうに広まり、老人たちのなかには話をしたがるものもいたが、祖父は昔の仕事仲間のだれにも会おうとしなかった。ジョンによれば、ダニエル・スティーヴンソンは人々と話をするためにもどってきたわけではない、昔のままの彼らを憶えていたいのだといったそうだ。ミュアトンが変わってしまっているといけないので、昼間は窓の外をながめようともしなかった。ことばをかわす相手は、老人の身辺の世話をし、食事を手伝い、シャツを着替えさせ、何年も前に最後の女中が使って以来、使われていなかった薄暗い屋根裏部屋のトイレに運んでいってくれる息子だけだった。

13

ここでわたしが登場する。

ダニエル・スティーヴンソンの人生の最後の週、その週のはじめの、丘が雨に曇り、石炭の煙のにおいが大気中に漂う湿っぽい月曜日の午後に、祖父はだれともことばをかわさないという考えを変えて、孫息子（つまり、このわたしエズラ）と話がしたいといいだした。あの日どうして登校していなかったのかわからない。きっと仮病を使ったのだろう。わたしはよくそうやって学校を休んだものである。わたしの父、ジョン・スティーヴンソンは、リクエストを伝えるために屋根裏部屋からおりてきた。それを聞くと、エリザベスはまっこうから反対した。祖母のジョアンナ・スティーヴンソンはなにもいわず、わたしは祖母の顔からなにを考えているか判断することはできなかった。

屋根裏部屋にあがるのがこわかったことを憶えている。ミュアトンの老人たちとはまったくちがう老人に会わなければならないのがわかっていたからではない。いや、ほんとうの理由は、たった十歳であったにもかかわらず、あるいは、たった十歳だったからこそ、なにもかもひどくややこしくなりそうな気がしたのだ。ダニエル・スティーヴンソンが帰ってきたことがわかってから、家の雰囲気はがらっと変わってしまった。それまでも、家族としては、あまりことばをかわさなかった。家族のすることはきちんとしていたが、それについて話したりはしなかった。ところが祖父が屋根裏部屋に住みついてから、家族の会話はますます少なくなってしまった。祖母のジョアンナの体には、灰色の瞳をきらめかせ、唇にはなじみのないかすかな微笑をたえず浮かべようとしている、知らない人間が棲みついているみたいだった。

それでもやはり、わたしは屋根裏部屋にあがることに同意した。

14

わたしは赤毛の生えた、大きな父の手をぎゅっと握りしめて、屋根裏部屋につづく階段をのぼっていった。そこにあがったことは一度しかなかったが、まだらの光と、砂だらけの床と、蜘蛛《くも》の巣と、本物のネズミと、空想の蝙蝠と、布をかけた家具のしたにひそむ大昔の女中の幽霊と、折れた煙草のように曲がったカーペットロールと、衰退と悲哀のにおいのせいで、こわい場所だった。のぼっていくにつれて、陰鬱な怪物にゆっくりと飲みこまれていくような気がしてならなかった。その体内には小便とすっぱい息のにおいが充満していた。

15

古いフェルトのスリッパが、裸電球のしたで老人が横たわるマットレスのそばの床に置かれている。風雨と寄る年波のせいで、胸壁のような密集した灰色の眉毛からにらみつける黄緑色の目のまわりには、無数のしわが刻まれている。触角をかざしたカタツムリよろしく、殻のような毛布から身を乗りだして、祖父は弱々しく手招きする。

少年は父親の尻のうしろに隠れる。黄ばんだ肌のこの病気の老人が、むかつくにおいのするこの老人が、自分の祖父なのだと思いながら。その顔は素顔を隠している細かいしわの仮面のようだ。この老人は、なにかを象徴している本の挿絵に似ている。

老人がひじをついて起きあがると、しわの寄った黄ばんだ腹が、シャツの前あきから顔をのぞかせる。白いシャツの袖口にしぼられた両手も黄ばんでおり、その指はいまでも炭坑夫のずんぐりした指だが、爪に炭塵はつまっていない。

黄緑色、あるいは緑黄色の瞳が少年をじっとみつめる。老人の肉体から去りつつある生命の残りが丸い瞳に集まっている。

「エズラといったかな。よろしくな」

十歳の少年にひどく大人っぽい挨拶だ。その声は、唇にたどりつくころにはかぼそくなっている。異国訛りがある。長年異国の食事を食べてきた男の訛りだ。

16

祖父の生涯の最後の一週間、わたしは何時間も何時間も祖父のおしゃべりに耳を傾けつづけた。かぼそい、切迫した声で、祖父は三十年前にミュアトンを立ち去ってからやってきたことや、訪れた場所について話してくれた。祖父は、世界のもっとも隔絶した場所をほとんど訪れており、それをわたしに話して聞かせるのが大好きだった(「オルバ島のことは聞いたことがあるか?」とか「メラペ川のことは聞いたことがあるか?」とか「ケープホーンのことは聞いたことがあるか?」と)。祖父は、物語に出てくる動物や人間を残らず見てきた。そして、危険や死に直面してきた。

こうした会話のあとで階下におりていくと、祖母のジョアンナはいつもわたしを待っていた。わたしが老人の話を残らず伝えると、(とりわけ、祖父が瞳を喜びに輝かせながら、旅の途中で出会った女性について語ったときには)細かいことをあれこれたずねながら、真剣に耳を傾けるのだった。わたしは重要なことばをなるべく憶えておいて、そっくりそのまま伝えようとつとめた。祖母は、灰色の瞳にはあの謎めいた表情を浮かべ、唇にはけっしてはっきりとした微笑にはならない微笑を浮かべながら、わたしの話に耳を傾けるのだった。祖父は、わたしが祖母になにもかも話しているのを知っていた。そして、そのつぎにわたしが彼のもとを訪れると、自分の冒険についてて祖母がなにかコメントを述べたかどうかたずねるのだった。

こうした長い会話のあいだ、祖父は祖母についてはほかになにも知りたがらなかった。いま考えるとなんと不思議なことだろう。だがしかし、十歳の少年が仲介的な観察者の役割を楽しめたことのほうがずっと不思議である。

17

祖父がパタゴニアへの旅と、ザカリー・マッケンジーと、その兄弟姉妹の物語についいて話してくれたのも、こうした午後のことだった。そのあと階下においりていったことを憶えている。ジョアンナは台所でわたしを待っていた。いつものように、淹《い》れたての紅茶のにおいが漂っていた。

「それで?」

祖母はわたしがしゃべりはじめるのを待っていた。しかしわたしは、紅茶も会話もいらない、外に行きたいんだといった。わたしは、祖母をみつめないようにしながらコートを着て、冷たい空気のなかに出ていった。祖母になにもいわなかったが、わたしは生まれてはじめて嘘をついたような気分で、祖母もまちがいなくそのことに気づいていた。どうしてなのかわからないが、ともかくその日はなにも話さなかった、そしてその翌日も、それ以来、たとえ祖母がわたしをじっとみつめても、わたしはなにも話さなかった。

18

最後の日曜日の朝は、雨と霧のまじったうっとうしい天気だった。われわれは黙々と朝食を食べ、わたしが食べ終えると、ジョン・スティーヴンソンは屋根裏部屋にあがって、老人のようすを見てくれといった。祖父はあまり具合がよくなかったのだ。

ちょっと息を切らせながら屋根裏部屋に入っても、ダニエル・スティーヴンソンはわたしを歓迎するように顔を向けてくれなかった。わたしはマットレスに近づいて祖父の顔を見おろした。祖父の顔はその日の朝と同じように不気味だった。屋根裏部屋の天井をじっとみつめながら、あおむけに横たわっている。黄緑色の瞳はとても黄色く、もはやきらめいてはいなかった。

祖父は耳ざわりな浅い息を吸いこんでささやいた。「エズラ。おばあさんを呼んできておくれ」

わたしはせまい階段を駆けおりて、三人がベーコンエッグを平らげている台所にとびこんだ。暖炉が燃えていた。ふりむいてわたしをみつめたとき、彼らの顔は、ジョン・スティーヴンソンの顔も、エリザベスの顔も、みんな見知らぬ他人の顔だった。なにが起ころうとしているのかわかっていたのかもしれないし、わかっていなかったのかもしれない。あの日は遠い昔のことで、理解すべきことがたくさんあったからだ。しかしわたしは、彼らの顔の不思議さに胸がわくわくした。

「おじいさんが呼んでるよ」わたしは祖母のジョアンナ・スティーヴンソンにいった。

そのときでさえ、祖母が駆けあがっていくことを期待していたのだろうか？　そう思いたい。祖母は微笑を浮かべた。これまでたびたび見かけた曖昧な微笑ではなく、にやりと唇をゆがめた不快な微笑だった。

三人は身動きひとつせずにすわっていた。わたしは念を押すためにもう一度いった。

「おじいさんが呼んでるよ」

口を開いたのは、わたしの父、ジョンだった。

「エズラ、外に行って夕食まで遊んできなさい」

わたしは抗議しようとした。雨なのに？　階上《うえ》の老人はどうするの？　そうするかわりに、のろのろと裏口に向かい、フックからレインコートをはずした。そのあいだも、右手にちらちらと目を走らせて、屋根裏部屋につづく階段の入口をうかがい、なにか物音は聞こえないかと耳をすましていた。あれはおじいさんの声じゃないだろうか？　弱々しくおばあさんの名前を呼んでいるんじゃないだろうか？　それともぼくの名前を呼んでいるんだろうか？　父さんはまだわかっていないんだろうか？　わたしはふりかえって、テーブルにすわったままわたしをみつめている三人をみつめかえした。

そのとき彼らは、十歳の少年の瞳のなかに、少年時代の最後のきらめきを見たにちがいない。もはやこの世界は自分が発明したものではなくなったのだ、いままでだって一度もそうではなかったのだという、苦渋に満ちた認識を見たにちがいない。

19

外に出ると、もうなにも聞きたくなかったので、すぐに裏口のドアを閉め、丘をめざして歩きはじめた。

屋内の暖かさにくらべて、外の空気は鼻がつんとするほど冷たかった。わたしは家や村から離れて、せまい平地や水かさの増した不透明な川を横切り、地面が坂道よりもずっと険《けわ》しくなりはじめるところまで歩いていった。雨は土砂降りになっており、帽子をかぶっていない頭に容赦なく降りそそいだ。濡れたワラビのせいで腰までびしょ濡れになりながら、わたしは上体を前に傾けてしゃにむにのぼっていった。ときおり吹きつける風は石の板のようだった。

二時間ほどたってから、わたしは足をとめて、はじめてうしろをふりかえった。村から千フィートはのぼっていただろう。ミュアトンは渓谷の裂け目にうずくまり、一千本の煙突からは煙が吐きだされていた。建物はアルファベットの壊れた文字のように横たわり、そのメッセージの残りは雨によってなかば隠されていた。輪縄のように村をとりかこむずんぐりした丘は、いつもよりきつく締めつけてくるかのようで、連なった丘が海岸平野に向かっていくらか傾斜している西の方角をのぞいて、出口はまったく見あたらなかった。

いい知れぬ感情がこみあげてきた。泣いていたのかもしれないが、わたしの顔はすでに降りしきる雨に濡れていたので、わたしが泣いているかどうか、この宇宙のだれにもはっきりとはわからなかっただろう。それに、たとえ泣いていたとしても、その涙は長年にわたって貯えられてきたものにちがいない。ずいぶんたってから、ようやくわたしは村に向かっておりはじめた。

20

帰宅したときにはもう暗くなっていた。わたしの母、エリザベスは、夕食のために台所でタマネギを刻んでいた。ジョアンナとジョンは屋根裏部屋よ、もう少ししたらわたしも行くわと母はいった。ぼくも行っていいかとたずねると、「ちょっとだけならね」と母はいった。

屋根裏部屋では、父と祖母のふたりが手をとりあってマットレスのそばに立っていた。古いスリッパはまだ床のうえにあった。祖母のジョアンナ・スティーヴンソンは、わたしが入っていくと、わかりきったことをいった。

「死んじゃったわ」

祖母は、あの微笑を浮かべながら、もう一度いった。「ここで、ひとりっきりで死んだのよ」

わたしは感情をぐっと押し殺した。祖父はマットレスに手足をのばして、いつものように天井をみつめていたが、その目は死んでいた。

ぎしぎしと階段のきしむ音が聞こえてきた。わたしの母、エリザベスだ。母はわずかに息を切らせて屋根裏部屋に入ってくると、まっすぐ祖母のジョアンナ・スティーヴンソンに近づいた。母が祖母を抱擁するのを見るのは生まれてはじめてだった。ぽっちゃりした右手で祖母の後頭部をなでさすり、白髪とひとすじの黒髪をこぎれいに分けているからみあった蛇の木の留金に触れている。母は祖母のほほにキスをした。それからようやく、死者に目を向けた。

「この人がそうなのね」

われわれはみんなで老人の死骸をみつめていた。そしてわたしは、ジョアンナ・スティーヴンソン、エリザベス・スティーヴンソン、ジョン・スティーヴンソン、そしてわたし、エズラ・スティーヴンソンの四人が、こうして立って息をしていても、祖父より生きているとはいえないという思いをふりはらうことができなかった。それはぞっとするような感覚だった。しかし、わたしはまだ幼かったので、その感覚もいつかは消えてなくなるにちがいないと思った。

「そろそろ下に行きなさい、エズラ」わたしの母、エリザベス・スティーヴンソンがいった。

それから母は、わたしの手をつかんで階下にひっぱっていった。わたしの手は湿っていたが、母の手は砂のように乾いていたことを憶えている。

21

祖父、ダニエル・スティーヴンソンについて、もうなにも話す必要はない。祖父は目的を果たしたのだ。どんな人間であったにせよ、祖父はマッケンジーの物語をパタゴニアから持ち帰り、ミュアトンでそれをわたしに託して死んでいったのだ。

それだけのことだ。

ミュアトンはどうなったかというと、老人の死からまもなく、それも死んでしまった。（わたしの母、エリザベス・スティーヴンソンは、このふたつの出来事のあいだには、原因と結果という直接的な関連があると考えていた）。

七月のある朝はやく、少年をふくむミュアトンの四十人の炭坑夫が、ケージに乗りこんで採炭切羽に通じる縦坑を降下していたとき、ケーブルがぷつんと切れてしまった。ケージは、なすすべもなく一千メートルの縦坑を落下していった。それが底に激突したとき、二十七人の炭坑夫が即死し、十三人が身体障害者になった。そのために、ミュアトンは不名誉なあだ名を頂戴することになった。片脚の男の村として知られるようになったのである。

この大惨事を生きのびた男たちは、全員が片脚を失った。炭坑夫たちは、徒弟時代から練習してきた安全手順に従ったのだ。ケージがコントロールを失って落下しはじめると、彼らはそのような状況のときのために天井の梁《はり》にとりつけられた革紐にしがみつき、片脚をケージの床からもちあげた。ケージが縦坑の底に激突した瞬間、紐はぷつんと切れて、彼らの体重を支えていた脚はぐしゃっとつぶれたが、命は助かったのだ。

それから何年間も、生存者を一目見てやろうと、首都の人々が日曜日ごとに車でミュアトンを訪れるようになった。ただひとりの男に起こっていたなら悲劇とみなされたはずのことが、生存者の数と珍しい負傷の性質のせいで笑劇と化してしまったのだ。

しかし、ミュアトンの人々は観光客をまんまとだまくらかした。負傷した男たちが片脚歩きをごまかすのに精通するいっぽう、負傷していない村人たちが、男も女も、おおげさな片脚歩きを練習したのである。ミュアトンのほとんどすべてのこどもたちが片脚歩きの達人になった。訪問者たちがなんと思ったか、だれにもわからない。

この大惨事によって、それまでもあまりもうかっていなかった炭鉱は永久に閉鎖された。数年後には、村そのものも見捨てられた。片脚の男たちでさえ、その不自由な体が目立たなくなるのは無理でも、せめて尊厳をとりもどすことのできる場所を求めて、それぞれ別の鉱山町に去っていった。

スティーヴンソン家の人々はどうなったかって？　いまはもうみんな死んでしまった。ジョアンナは、もう待つ理由がなくなったので、ダニエルが死んだ一年後にこの世を去った。わたしの父、ジョン・スティーヴンソンは、ガス濃度をチェックしたり、地球の中心部へとはてしなくつづく坑道の地殻変動をモニターするために、閉山になった炭鉱の管財人としてとどまった。父も母のエリザベスも、ゴーストタウンと化したミュアトンで余生を送り、すっかり老朽化した家で死んでいった。

このわたし、エズラ・スティーヴンソンはというと（こどものころ、すでにわたしは、EZRA《エズラ》という名前が、エスター、ザカリー、レイチェル、エイモスの四人のマッケンジーの名前の頭文字を並べたものだという奇妙な事実に気づいていた）、わたし自身の物語はあまり重要ではないが、すっきりさせるために、ここでかたづけておいたほうがいいだろう。わたしは、ごく平均的に、退屈でつまらない学生時代を送り

（いくら本を読んでもちっとも頭はよくならなかったが）、ひとりかふたりの美しい女性と、ドナルド・クロマティとの友情ぐらいしか記憶にない大学生活のあとで、ようやく卒業した。ドナルドは十六世紀の歴史でもあまり知られていない分野を研究していたが、慎重で正直な男だった。いずれ彼は『パラダイス・モーテル』のなかで決定的な役割を果たすことになるだろう。

卒業の二年後、わたしは何千人ものスコットランド人と同じように、新世界に旅立った。しばらく暮らしてから、こっちのほうが満足して生きられるような気がして、そのままとどまることにした。いまでは人生の半分をここですごしたことになる。わたしは旅を楽しみ、人々に出会う生活を送っている。ヘレンという恋人もできた。

22

祖父、ダニエル・スティーヴンソンについて、もうなにも話す必要はないといったろうか？　最後にひとことつけくわえるために、いったん前言を撤回する。

わたしがそれを耳にしたのは、祖父の葬式の日であった。（できれば葬式について語るのは避けたいと思っていた。だが、すべては遠い昔のことであり、ほとんどがこの世を去ってしまった。過去というやつは、茎だけが立ち枯れている秋のトウモロコシ畑に似ているような気がしてならない)。

その日はうっとうしい一日だった。ミュアトンはいつでも葬式にふさわしい天候にめぐまれていた。雨はいつもより激しいくらいだった。とげとげのついた墓石という鎧《よろい》をまとった教会は、喜びに対抗する砦だった。ずんぐりした指のような教会の尖塔は、ちらっとでも太陽をのぞかせるような好ましくない軽挙妄動はつつしめと、天に向かって警告していた。その日は平日で、男たちの大半は炭鉱で働いていたので、参列者はほとんどいなかった。

教会のじめじめした沈黙のあと、傘や、ぬかるんだ地面や、がっしりした木の柩《ひつぎ》に降りそそぐ雨の音で、墓地はやかましかった。ジョン・スティーヴンソンとわたし、柩を運ぶ四人の男、ふたりの墓掘り人、それに牧師だけが立会人だった。飾りをほどこした柩が掘ったばかりの墓穴におろされたあと、わたしはひとつかみの土くれをほうりこんだ。黒っぽいニスの塗られた柩にぶつかるドサッという音には、たしかな現実感があった。

父とわたしは、冷えきって腹をすかしながら、大きな家にもどっていった。ふたりの女性は台所で待っていた。暖炉で体を温めながら、わたしは祖母のジョアンナに、まっさきに心に浮かんだことをたずねた。ダニエル・スティーヴンソンおじいさんのポケットの中身をぼくにくれない？　とりわけ彩色彫刻をほどこした船を？　かすかに微笑しながら、祖母は頭をふった。みんな焼いてしまったわと祖母はいった。持ち物はみんな煙になってしまったと。

話題を変えるために、ジョン・スティーヴンソンが、墓地で牧師がいったことをふたりに話して聞かせた。たとえ一週間でも、孫が祖父とことばをかわすことができてよかった。なにはともあれ、放蕩児が長い旅から帰ってきたことを心から感謝すべきだと。

エリザベスがたまりかねたように叫んだ。

「長い旅ですって？　どこが長い旅よ？　ばかばかしい！」

母はここ数日間に、ダニエル・スティーヴンソンの人生に関する別の物語を何度か耳にしていた。その日の朝でさえ、われわれが葬式に行っているあいだに、食品雑貨屋に出かけたとき、噂が村じゅうに広まっていると聞かされた。三十年前、逃げだした朝に、ダニエル・スティーヴンソンはあまり遠くに行かなかった。ほんとうはどうしたかというと、南に三十マイルしか離れていない小さな鉱山町のひとつ、ラノックまで列車に乗っていったのだ。ラノックは、丘陵地帯の小さな鉱山町の大部分と同じように、ミュアトンそっくりの町である。どの町にもボタ山と煤煙と雨があった。ダニエルはラノックで列車をおりて下宿をみつけ、一週間後にはそこの鉱山で働きはじめた。病気になってミュアトンにもどってくるまで、ひとり暮らしをしながら、三十年間ずっとそこで働いていたというのだ。

「長い旅ですって！　どこにも行かなかったくせに！」エリザベスはいった。

ジョン・スティーヴンソンはうなった。父がほんとうはなにを考えているのか読みとるのは、いつだってむずかしかった。それほど無口な男だった。祖母のジョアンナはすでにエリザベスからその話を聞いていたらしいが、いずれにしても、もはや興味はないようだった。だれかがダニエル・スティーヴンソンの話をするたびに、あのかすかな微笑を浮かべるだけだった。

わたしはなにもいわなかった。わたしの年齢でなにがいえるだろう？　当時のわたしにとって、真実ともっともらしい作り話とのあいだの壁はひどく薄かったので、どちらからでもたやすく突破することができた。世界の統一性を保つために、わたしはそのふたつをきっぱり分けておく必要性を感じなかった。

23

あれから長い年月が流れた。最近のある夏の朝、マンションの三階のバルコニーで、わたしは葬式の前後の出来事を思い出していた。ヘレンは、コーヒーのおかわりを注ぐためにコーヒーポットを運んでくるところで（わたしはいつも気づかないふりをしていたが）、居間のカーペットの花柄を注意深く避けて歩いていた。彼女がコーヒーを注いだちょうどそのとき、わたしは少年エズラのことを思い出していた。彼はいまでも心のなかに生きていたが、いまのわたしは白髪頭の中年エズラだった。夏にはバルコニーで朝食をとることができる国で、公園の湖を見晴らす高価なマンションに住んでいる男。東海岸やパラダイス・モーテルにぶらっと旅行に出かけることのできる男。美貌と機知に富む女性と暮らしている男。今朝、目を覚ますと、彼女の金髪がわたしの口に入っていた。その彼女に、愛の行為のひとつとして、わたしは若いころの人生をぽつりぽつりと物語るのが好きだった。それはあまりにも遠い昔のことだったので、まるでほかのだれかの人生のようだった。

公園から運ばれてくる刈られた草のにおいがコーヒーのかおりとともに漂う、あの暖かな夏の朝、いまは真正面にすわっているヘレンに、わたしはダニエル・スティーヴンソンと、彼がザカリー・マッケンジーの物語をわたしに託したいきさつについて話しはじめた。わたしはあの物語を、祖父から受け継いだ個人的遺産だと考えてきた。十六歳という詩的な時代を通過していたときには、ロマンチックに考えたこともあった。あれはダニエル・スティーヴンソンの体内で彼を生かしつづけていたなんらかの力であり、祖父はそれをわたしに託すとすぐに死んでいったのだと。

もう少し大きくなると、あの物語は祖父が飲みこんだ毒にすぎなかったのではないか、ついに祖父を死に至らしめた体内の腐敗物だったのではないかと思うようになった。摘出するのが遅すぎたのかもしれない。あのときも、そしていまでも、ことばでできたものだって体内で成長できるとわたしは信じていた。ある日、苦痛とともに体から出ていく胆石のように。

数年後には、あの物語は感じやすい少年に語られた物語にすぎず、その少年も大人になるにつれて文字どおり受けとめることはできなくなったのだとみなすようになった。あれは夢の荷物にすぎなかったのだと。だからわたしは心に秘めてだれにも話さなかった。

いままでずっと。だがいまは、ヘレンに聞いてもらいたかった。彼女はどう思うだろうか？　父親に似て、彼女はとても明敏だった。彼女の父親は、魚たちがその羽のしたに小さなかぎ針があることに気づかないほどみごとなルアーやフライをつくることができた。わたしは祖父から聞いたとおり、ザカリー・マッケンジーの物語を彼女に聞かせたかった。そうすれば、それが少年時代のわたしを感動させたように、彼女を感動させるだろうと思ったのだ。

だが、ことばというやつには磁石の性質があるらしい。ときがたつにつれて、ピンや、いろいろながらくたにおおいつくされ、磁力を失ってしまうのだ。わたしにとってあれほど特別で正確だった古いことばは、もはや昔の力を失っていた。こどもたちの体内に四肢を埋めこんだくだりや、ザカリー・マッケンジーの腹の傷について語ったときは、思わず笑ってしまった。なにもかもひどくばかげているような気がして、とうとうわたしは、ダニエル・スティーヴンソンは旅に出かけたこともなければ、逃げたこともなく、ただそう願っただけの、哀れな老人だったという噂は、いま思うと、ほんとうだったのかもしれないということまで、ヘレンにしゃべってしまった。

わたしがこれを話して聞かせると、ヘレンは微笑を浮かべたが、独特のぼってりしたまぶたの奥の青い瞳は笑っていなかった。

そして、わたしが話し終えたのを見て、彼女はたずねた。「彼らはどうなったの？」

「どういうことだい？」

「レイチェル、エイモス、エスターの三人よ。それにザカリーも、あなたのおじいさんが会ったあとはどうなったの？　おじいさんは話してくれなかったの？」

「そうなんだ。きみはダニエルが実際にパタゴニアに行ったと思うのかい？　四人のマッケンジーが実在すると？　本気で信じているのかい？」

「わからないわ。信じているのかもね」

彼女はわたしをみつめた。あるいはひょっとすると、わたしの心を見抜いていたのかもしれない。

「でも、知らないほうがいいかもしれないわ。きれいさっぱり忘れてしまったほうがいいかもしれない」

24

その日の午後、まったくばかげたことだが、わたしはほとんどおもしろ半分に、いまではドナルド・クロマティ教授になっている旧友のドナルド・クロマティに手紙を書いた。それは長い手紙だった。ミュアトンや、ダニエル・スティーヴンソンや、《ミングレイ》や、パタゴニア探検や、マッケンジー家について、ひとつ残らず説明してから、この物語になにか実体があるかどうか、ひまなときにでも調べてもらえないだろうかとたのんだ（彼がやってくれることはわかっていた。これは彼が大好きな作業だった）。（彼に手紙を書いていることはヘレンに話さなかったが）ヘレンのためにやってもらいたいとたのんだ。個人的には全部ナンセンスだと思っているが、それでも心から感謝するとつけくわえた。

そしてその夜、ヘレンとわたしがベッドに横たわっていたとき、見晴らし窓ごしに野獣の姿を形づくる星々をながめながら、あなたがいままでパタゴニアの物語を話そうとしなかったことのほうが、あなたについて発見したどんなことより意味深いわとヘレンはいった。

彼女のいうとおりかもしれない。おかしなことじゃないか？　人が心に秘めて話さないことがそんなにも重要だとは。人が話すことのほとんどすべてがカモフラージュか、ひょっとすると鎧か、さもなければ傷に巻いた包帯にすぎないとは。

第二部　エイモス

八歳のとき、エイモス・マッケンジーは、イングランド南部にある孤児や浮浪児（男子のみ）の施設《アビイ》に預けられた。その施設は、聖職更生教会の牧師によって運営されていた。五年間、彼はひどいどもりに悩まされ、むずかしい岩の表面をよじのぼっている登山家のように、子音から子音へと重い足をひきずっていた。十三歳の誕生日に、そのどもりは消失した。そのころには、がりがりの醜い少年になっていた。

彼が興味を示した唯一の科目は植物学だった。授業中も、ある木の葉の裏側は「少女のふとももの内側のようにやわらかい」というような独特の比喩で、牧師の教師を仰天させることがよくあった。悪気《わるぎ》はなかったので、教師はあえて叱らなかった。この少年には強烈な雰囲気が漂っていたので、いじめっ子もあえて手を出さなかった。

十四歳になってまもなく、エイモスは孤児院を出て植物園に就職した。人間の社会は、性別や、表皮や、においや、色などによって分類され、さまざまな気候で繁茂している植物のコレクションとほとんど異ならず、花と雑草を区別する方法さえみつかれば、戦争と災害という枯死病はなくなるだろうと、彼はひそかに信じていた。人間が死者を埋葬するという行為は、彼にとって、種を植えるという考えの不経済な濫用《らんよう》だった。死んだ人間は、すぐれた園芸家ならだれでも成育の季節のあとで残った苗木を焼くように、焼いてしまうか、コンテナに積みあげて腐葉土をつくり、来春の新しい植物の肥料とすべきだと考えていた。当時の毎日の運動は、下宿の近くの公園を歩きまわって、〈自然の家族〉をほれぼれとながめることだった。〈自然の家族〉とは、実生《みしょう》の苗木に囲まれた二本の成木のことである。

孤児院を出た数年後に、彼は一度だけ兄弟や姉妹に会った。成長しても、若いころの醜さは変わらなかったし、冬の風よりも荒々しい声のせいもあって、ことばづかいがどんなに優雅でも、なんとなく粗野な印象をあたえた。彼は微笑を浮かべることも、冗談をいうこともなく、どんな女性とも関係をもたず、ポケットに大麻の雌性種子をもち歩いて、ときどきそれをやさしく愛撫するのだった。

それから、四十五歳ごろに、まったく突然に人類学と考古学に情熱を注ぐようになった。彼の心を浮きたたせたのは、人類の文化のルーツを探り、失われた遺物の発掘をするという考えだった。外観という固い殻に山刀（彼は山刀という考えが気に入っていた）を打ちこみ、一撃でむきだしの真理を解放してやったらどんな気分だろうと想像するとき、人好きのしない顔が美しいといっていいほどになるのだった。

彼は天職を見いだしたのである。

『ノート』A・マクゴウ

I

その年の八月のはじめ、わたしはヘレンにさよならをいって、珊瑚海の三十マイル沖合の島に設けられた研究施設《自己喪失者研究所》を訪れるために、南太平洋をめざした。そこに着くいちばん速い方法は、本土から飛行機で行くことである。海岸線をとびこえていくと、五千フィート上空から島の姿が見えた。大海原のなめらかな腹にできた三日月形の傷のようだった。飛行艇は急降下して礁湖に着水した。

研究所のまわりでは、強靭な熱帯の草が侵略してくる砂とむなしい戦いをくりひろげ、椰子《やし》の木がすっぱいにおいのする執拗な貿易風に対して地歩を保とうとしていた。研究所はL字型のふたつの建物で構成されており、L字のてっぺんには数戸の頼りないバンガローがあって、それらすべてが、一度も使われたことのないような青いタイルのプールをとりかこんでいた。それは枯葉と蜥蜴《とかげ》だらけの小さな内海だった。

ひどく腰の低い小柄な女性が、わたしを出迎えるために陽光(そこは一年じゅう夏だった)のなかにおりてきた。写真で見憶えがある女性だった。所長のドクター・ヤーデリである。こうして間近に見ると、ほほがしわだらけで、しゃべるときには、外国語をしゃべるときのように口がよじれるのがわかった。白髪は真っ白で、白衣にもしみひとつなかったが、占い棒のように首から胸に垂れさがった聴診器の先端には錆《さび》が浮いていた。歓迎のことばを述べたとき、彼女はまるで音楽を指揮しているかのようにに左手をふりまわしたが、しゃべりかたがゆっくりしていたので、それはゆるやかな音楽だった。袖がめくれるたびに、手首のすぐうえに彫られた数字の刺青《いれずみ》がいやおうなく目にとびこんできた。

ひどく腰が低くて礼儀正しかったが、ドクター・ヤーデリはわたしに会えてうれしそうだった。そのころ取り組んでいた伝記(この地域で何年もすごした、いまは亡き有名な博愛主義者の生涯)の役に立つかもしれないと思って、わたしは数か月前に面会を申しこんだのである。返信には、お役に立てないかもしれないが、ここの仕事もなかなかおもしろいですよと書かれていた。

そういうわけで、わたしはここにおり、彼女はここに立っていた。ゆっくりとした口調でしゃべるとき、ときおり目玉がひっくりかえるほどやぶにらみになる癖があったので、まるで暗記した演説を暗唱している人か、心のなかのノートに外国語で書かれたことばを翻訳している人のようだった。この癖のせいで、ことばとことばのあいだに空白が生じるのである。研究所を案内するために建物に足を運びながら、彼女はいった。

「訪問客は多いですが、なかにはいるんです、ほんとうに……うれしそうな人が」ひょっとすると、彼女はもっと穏当なことばをさがしていたのかもしれない。彼女はことばをつづけて、研究所の評判はおおむね良好で、世界じゅうから、裕福な訪問者とともに、興味深い症例が集まってくるといった。

「わたしはそのどちらにもあてはまらないかもしれませんせん」

「あなたの信憑性は……申し分ありませんわ」彼女は例の調子でいった。それからびっくりするほど短く笑った。

最初の建物の廊下で、ドクター・ヤーデリと同じ白衣と錆びた聴診器を身につけた活発そうな男が、こっちに向かって歩いてきた。その目はひどく機敏そうだったが、ドクター・ヤーデリといっしょにいるので、わたしのことを病院の人間と思ったにちがいない。われわれ両方に礼儀正しく「ドクター」と挨拶したからである。わたしは医者でないことを教えるために訂正しようとした。だが、ドクター・ヤーデリはわたしの腕をつかんでひっぱっていった。彼には聞こえないところまで来ると、彼女はいった。好きなように思わせておきなさい。あの男は治療のためにここにいて、反論されると頭が混乱するおそれがあります。症例によっては、役割演技療法がほどこされることもあるので、医者の役割を演じることは、彼の治療でも重要な部分かもしれません。

「もちろん、わたしの治療でもね」そういって、彼女はまた短く笑った。

2

歩いていきながら、彼女はあちこちのドアを開けて、いくつかの診察室や、快適なラウンジや、カフェテリアや、エーテルのにおいのする調査研究室や、遮音されたカウンセリング室を見せてくれた。この研究所は健忘症の治療を専門にしていますと彼女はいった。受け入れるのは、基本的に三つのタイプの生徒(彼女は『患者』ということばを毛嫌いしていた)である。第一のタイプは、事故による慢性健忘症状態でここに送られてくる人々で、その本来の人格は回復不可能であった。第二のタイプは、もはや自分自身に耐えられなくなり、長年の治療にもかかわらず、かわりの自己がほしいといってきかない人々である。彼らのなかには、意志の力で、わざと記憶を消してしまうものもいた。第三のタイプは、さまざまな生徒によって構成されており、かならずしも健忘症ではないが、なんらかの理由でドクター・ヤーデリの好奇心をかきたてたものであった。彼らは〈所長の特別メニュー〉として知られており、もっぱら彼女が治療にあたっていた。

毎月何十件もの入院申請があったが、この研究所は一度に十人までしか対処できなかった。彼女の〈特別メニュー〉をのぞいて、ドクター・ヤーデリや同僚たち（ときおりその姿をちらっと見かけることがあった）の主な仕事は、生徒のために新しい人生と過去を創作してやることだった。

わたしは彼女のことばをさえぎった。「あなたが彼らのためにつくりあげる新たな人生を、拒絶するものはいないのですか？」

彼女がすぐに返答しなかったので、わたしはことばを変えて質問しなおした。

「かわりの人格を承知のうえでやってくる人々のことを話されましたが。あなたがつくりあげる人生は、彼らが拒絶した人生よりつねに満足のいくものなのですか？」

かすかに微笑しながら彼女はいった。返答を避けているわけではありません。その前に考えたかっただけです。同僚たちの専門的な技量は満足のいくものだといえます。事実、これは科学というより芸術なのです。簡単にいえば、受けもったそれぞれの生徒のために主要なペルソナ（彼女の大好きな用語）と、信頼に足るほど発展させられた副次的な登場人物と、莫大な数の適切な事実を備えた物語をつくりださなければなりません。それから、生徒たちをそうなるように指導していかなければなりません。たとえどんなに時間がかかっても、心から信じられるようになるまで。

わたしはもう一度口をはさもうとしたが、彼女は片手をあげた。なんとかしてわたしの質問をはぐらかそうとしているのだ。

彼女はことばをつづけた。どんな芸術家でも、ときには失敗することがあります。だめだとわかったら、たとえどんなにつらくても、キャラクターを削らなければならないでしょう。でも、手法そのものは完全です。何年も前に、そうした失望を重ねたあとで、生徒のためのペルソナとして、すでにつくられたキャラクターを小説から借用したほうがいいと考えました。それは失敗でした。小説のキャラクターはどこかしら真実性に欠けるらしく、生徒たちは役立たずや危険人物にすらなってしまったのです。ベッキー・シャープ、ホレイショー・ホーンブロウアー、モリー・ブルーム、ジェイムズ・ボンドといった古典的なキャラクターは（一、二度使ったことがありますが）、あらかじめ決められたプロットを周囲の現実の人々が支えてくれないと、人生の汗と重みでつぶれてしまうような、薄っぺらなことばの骨組にすぎないことがわかりました。これら架空のキャラクターを賛美する文学評論家たちに、彼らが現実の生活ではいかに貧弱か教えてやりたいですわ！

この方法のもうひとつの危険は、いくら警告しても、小説のキャラクターを割りあてられた生徒たちが、自分の原型の登場する小説をひそかに読んで、一生懸命それをまねようとすることです。その結果は予想どおり破滅的でした。わたしは実践の危険について論文を書こうと決心しました。

彼女はまた微笑した。

「これらの問題は非常に……こみいっているんです」

彼女がわたしの質問にそれ以上答えるつもりがないことがわかったので、わたしはそこで切りあげた。

3

研究所をめぐるこの予備的な散策の途中で、ドクター・ヤーデリが自分のイメージの問題をひっきりなしにくりかえすので驚いてしまった。彼女はいった。わたしは病んだ部分を切りとり、残った部分を整形している心の形成外科医なのだと思うことがあります。しかし、自分を芸術家と考えるほうがずっと好きです。なによりも、わたしは心の彫刻家なのです。

ひとつだけはっきりしたことは、きゃしゃな外見にもかかわらず、彼女は仕事に情熱を注いでおり、やさしい女性らしいということだった。彼女の生徒たちは、新しいペルソナを必要とするか、欲求しており、その代償に彼女が求めるものは、彼女が好んでそう呼ぶところの〈タブラ・ラサ〉、すなわち彼女が企てた傑作を描くための空白の石板を提供することだった。

会話の途中で、つぎのような質問をした憶えがある。

「あなたか、あなたの同僚が、自分よりすぐれたキャラクターを創作したことはありますか？　たとえば、あなたよりも頭のよいものとか？」

やはりわたしの質問を無視するつもりだろうか。一瞬そう思ったが、しばらくすると、彼女はおもむろに口を開き、あらかじめ用意された原稿を読むような口調でいった。

「わたしの同僚たちは……そんなまねをするほどばかではありませんわ」彼女は例の調子で短く笑った。

4

ドクター・ヤーデリは、きっとわたしが生徒のひとりかふたりに会いたがるだろうと思っていた。生徒のひとりに会わせるために、彼女はわたしを外に連れだした。褪《あ》せたドレスと褪せた褐色の髪の背の高い中年女性が、ローンチェアにすわって、もとはプールだった沼地を眉をひそめてのぞきこんでいた。

その女性は神経質そうに顔をあげてわれわれをみつめ、それから蜥蜴と枯葉の監視にもどった。ドクター・ヤーデリは慰めるようにその肩に手を乗せて、彼女の身の上を話しはじめた。あらかじめ用意された講義をはじめたといったほうがいいかもしれない。彼女は、ためらいをなくしてしまったかのようだった。

「こちらはマリアです。南の当局によってここに送られてきました。彼女は車にはねられた直後から完全に記憶を失ってしまいました。〈マリア〉という名前の書かれたブレスレットのほかに、身元の手がかりとなるようなものはなにも身につけていませんでした。大がかりな広報活動でも、知っているという人物は現われませんでした。あちらの病院で二年間むなしくすごしてから、彼女はここに送られてきました」

ドクター・ヤーデリが話しているあいだ、マリアはわれわれにはなんの注意も払っていないようだった。おそらく生徒たちは、こうしたデモンストレーションに慣れっこになっているのだろう。事実、こうしておおっぴらに話しているのは、わたしのためなのか、マリアのためなのか、それとも、微笑を浮かべながら話しているドクター・ヤーデリが自分の芸術を公開する機会を楽しんでいるだけなのか、それすらはっきりしなかった。

マリアは研究所にすぐになじみ、協力的で知的だということがわかったらしい。ドクター・ヤーデリは、ただちに彼女のための新しいペルソナを創作しはじめた。しばらく観察したあとで、彼女はマリアに興味深いキャラクターをあたえようと決心した。だれもが顔見知りであるような、オーストラリア奥地の小さな町の独身女教師に仕立てることにしたのである。歴史の専門家で、教会の合唱隊のソプラノで(それしかないでしょう?)、小さな町の生活に満足している順応性にすぐれた女性がつくられた。その存在に悲哀と冒険の色合いをつけるために(ドクター・ヤーデリは創作のこの部分を大いに楽しんだにちがいない)、マリアは二十代はじめの性的幕間劇と非合法の堕胎という秘密の記憶をあたえられた。

ドクター・ヤーデリはこうした細部を何百となく創作し、限りない時間を費やして磨きあげ、それを毎日教えこんでいった。マリア本人が可能性を確信してペルソナの魂に入りこみ、彼女自身の細部をつくりだしてすきまを埋めるようになるまで。彼女はみずから細部を創作しはじめており、これがほんとうに自分の人生だと信じはじめていた。

それから、マリアが新たなペルソナになじんで、統一感を感じるようになったちょうどそのとき、不思議なことが起こった。ある朝、マリアがドクター・ヤーデリのオフィスにとびこんできたのである。彼女は興奮したおももちで叫んだ。なにもかも思い出した！　自分がほんとうはだれだったか思い出した！　その夜のあいだに、本来の記憶がよみがえった！

ドクター・ヤーデリは彼女をなだめ、すわらせて話を聞いた。

マリアはなにもかも思い出したとくりかえした。彼女はほんとうに奥地の小さな町の教師だった。彼女はドクター・ヤーデリの洞察力を感謝した。住んでいた町の名前も思い出した。それはキキブリーという名前だった。たしかに学位を持っていたが、歴史ではなくて地理だった。キキブリーの聖マーチン教会の合唱隊に所属していたが、実際にはコントラルトだった。

マリアの話を聞きながら、ドクター・ヤーデリはマリアが新しいペルソナの細部を自分の好みで脚色しているだけだろうと思っていた。マリアはこのうえなく成功した症例の徴候を示しているのだ、生徒がもはや役割を演じるのでなく、無条件で新たなペルソナになりきったのだと確信していた。

しかしマリアは、ドクター・ヤーデリの創造物と、思い出したと主張している実人生との類似点や相違点をはっきり意識しているようだった。彼女はそれを指摘しつづけた。そしてドクター・ヤーデリに最大の相違点を告げた。彼女には夫がいたのだ！キキブリーにもどれば、愛する夫がなつかしのわが家で彼女の帰りを待っているのだ！ほかのどんなことよりも、故郷に帰って夫に再会したかった。彼女はドクター・ヤーデリにいますぐ帰してと懇願した。

ドクター・ヤーデリはもう一度彼女をなだめた。自動車事故を思い出せる？ええ、とマリアはいった。都会の通りを渡っているときに、激しい衝撃に襲われて、それから空白になったことを、はじめて思い出しました。いまでは、過去のすべてが名前をとりもどし、あらゆる人々の名前も顔も、それににおいも、そして完全に生きられた人生の細部まで、はっきりと思い出しました。そして夫も！わたしの夫も！

マリアは興奮に打ち震えた。

何時間にもわたる質問のあとで、ドクター・ヤーデリは敗北を認めた。傑作のひとつになるかもしれないと思っていた努力の成果がむだになってしまったことに、いささか悲しみを覚えた。だが、いつかきっと未来の生徒に役立つときが来るにちがいない。《自己喪失者研究所》では、想像力の行使がむだになったことはないのだ。

ドクター・ヤーデリは、マリアをかつての人生におだやかにもどしてやるために、故郷までつきそうことにした。キキブリーの住民には前もって知らせないことにした。彼女を知っていたすべての人の、マリアの帰還に対する無意識の反応を観察することは、調査目的にとって測り知れぬほど貴重だろう。すでにマリアは《自己喪失者研究所》で三年の歳月をすごしていた。

5

彼らは飛行機で都会に行き、車を借り、二百マイル奥地のキキブリーめざして、西へ西へと車を走らせた。

その小さな町に近づくにつれて、マリアはしゃべらずにはいられなくなった。丘や渓流や独特なゴムの木の群生を指摘したり、土地の人間にしかできないことだが、前方の地形や道路のカーブを予告したりした。板敷きの歩道と本通りに面した広いヴェランダのある、奥地の小さな町に着くと、マリアは通りすがりの数人の住民に見憶えがあるといった。そして、なんと！　聖マーチン教会の木造ゴシックの建物があった！　その向こうには、彼女が教鞭をとっていた学校があった！　さらにその先には、彼女が毎日訪れていた雑貨屋もあった！

ドクター・ヤーデリが車を停めると、ふたりは車をおりた。

マリアは店から出てきたふたりの女性に駆け寄った。彼女は両腕をさしのべた。

「ジュディ！　ヘザー！　わたしよ！」

ふたりの女性は、マリアの親しげな態度にも反応しなかった。田舎の人間らしく愛想笑いを浮かべていたが、それは見知らぬ人に向けられたものだった。ドクター・ヤーデリがことばをかけた。五年前にキキブリーに住んでいたマリアを憶えていませんか？　ひょっとすると、いくらか変わってしまったかもしれませんが。

ふたりの女性は当惑したようすで答えた。いいえ、憶えていません。会ったことがないんですから。

マリアはくいさがった。そんなはずないわ。ふたりの名前も、住んでいる通りも知っていたでしょう？　いっしょにゲームをしたり、家に遊びにいったりした、幼なじみのわたしを憶えていないの？

女性のひとりはいささかおびえているようで、もうひとりはマリアに腹を立てはじめていた。あかの他人のくせに、どうしてわたしたちのことをそんなによく知っているの？

マリアは反論しようとしたが、ドクター・ヤーデリは彼女をやさしく引きはなした。

そろそろあなたが思い出したという家に行ってみましょう。ふたりは日陰になった歩道を歩いていった。マリアが描写したとおりの建物があった。四方をヴェランダに囲まれた小さな木造家屋で、瓦屋根の小塔があり、ゴムの木がおおいかぶさっていた。

ドクター・ヤーデリが網戸をノックした。ひたいに髪を垂らし、いかにも人の好さそうな微笑を浮かべた中年男性が、網戸を押し開けて、なにかご用ですかとたずねた。男はマリアに気づいたそぶりも見せなかった。

「ジョン！」マリアはいった。

男は彼女をみつめた。

ちょうどそのとき、建物の奥からエプロンを身につけた黒髪の青白い女性が現われて、お客さまはどなたかしら、といったおももちで、男の横に恥ずかしそうに並んだ。

「ジョン！　わたしよ！」マリアはもう一度いった。「マリアよ！」

「わたしの知っているかたですか？」

ドクター・ヤーデリは、その男がひどく当惑していることに気づいて、マリアが数年前に事故にあったことを説明した。あなたが自分の夫で、ここが自分の家だと思いこんでいるんです。

マリアはこらえかねて口をはさんだ。思いこみじゃないわ。ジョンとわたしは二十年前に結婚したのよ。彼について知りたいことはなんでも話すことができるわ。彼のお腹には、何度もさわったことがあるけど、長い傷があるはずよ。右足の指には、お父さんと同じように、水かきがあるはずよ。それに家のことだって。間取りは全部知っているし。家具もなにもかも、屋根裏部屋のにおいも、壁にかかった絵まで知っているわ。だれが買ったと思うの？　まだまだつづけられるわ。みんなどうしてしまったの？

夫婦がびっくり仰天していることはあきらかだった。だが、いかにも内気そうな細君が口を開いた。あなたがジョンの妻だったはずはありません。二十五年前にわたしと結婚しているんですもの。わたしがまだ十八歳のときに。

マリアはすっかり半狂乱になっていた。男はあきらかに彼女のことを知らなかった。そしてその妻は、嘘をつくにはあまりにも善良そうだった。

そこに一匹の犬が現われた。黒と白のコリーで、どこからともなく駆け寄ってきて、訪問客に尻尾をふった。

マリアはまた興奮した。

「ロビー！　こっちへおいで、ロビー！」

犬はぴたっと立ちどまり、しゃがみこんでマリアがさしのべた手を避けた。犬はおそろしげなうなり声をあげ、牙をむきだして体毛を逆立て、前脚を震えさせた。男は犬をなだめながらいった。たしかにロビーというのがこの犬の名前で、いつもは人なっこいのですが、こんなまねをしたのははじめてです。

マリアはわっと泣きだした。ドクター・ヤーデリは彼女の腕をとって家を離れ、日陰の歩道を通って車に連れていった。ふたりはあとも見ずにキキブリーを立ち去った。

6

マリアはまだ《自己喪失者研究所》のプールの悪臭を放つ水をみつめていた。ドクター・ヤーデリはもう一度彼女の肩をたたいた。

「非常に興味深い症例で、わたしたちはいまもいっしょに取り組んでいます」ドクター・ヤーデリはわたしにいった。それから顔をさげて、生徒を明るく見下ろした。

「そうでしょう、マリア？」

マリアは、まぶしい陽光のなかでいっそう影が薄くなり、なにかを思い出そうとしているかのように、浮かぬ顔に緊張の色を浮かべていたが、ようやく顔をあげて、あまり気のないそぶりで微笑を返した。

マリアから離れながら、ドクター・ヤーデリがその症例について説明してくれた。何年にもわたる調査の結果、つぎのような事実があきらかになりました。多くの人々が、毎朝目を覚ましたとき、自分はなにものなのか忘れてしまうのです。彼らの多くは、なんでもないふりをして、夫、ウエートレス、銀行家、教師、バス運転手といった、求められる役割を演じつづけます。彼らは状況に合わせるのが巧みになります。パニックをきたすこともなく、あっさりと順応します。これは日常的なありふれた出来事なのです。

「あなたのような人なら……経験したことがあるでしょう」

それが質問なのか、断言なのか、わたしにはわからなかった。

ドクター・ヤーデリは、キキブリーでマリアに起こったことも、この現象の一種かもしれないと思っていた。あの町の全住民が、このような記憶の中断をこうむったのではないでしょうか？　マリアはほんとうにキキブリーに住んでいたのですが、われわれが不快なにおいの記憶を排除するように、町の住民全員が彼女を排除するために記憶を調節してしまったとは考えられないでしょうか？　実際には、マリアのような人々にはなにかが欠けているのかもしれません。おそらくは形而上学的な欠如で、それがほかの人々にこのタイプの健忘症を引き起こすのかもしれません。ひょっとすると、この現象はまったく気づかれないうちに広く発生しているのかもしれません。われわれは個人の記憶より集団の記憶のほうを信頼する傾向があるからです。町や村ばかりでなく、国家や、あるいは文化までもが、この現象の対象になりうるのではないでしょうか？

　これらの可能性を列挙していたとき、ドクター・ヤーデリはいつものように腕をふりまわしていたので、手首のうえに彫られた数字の刺青がいやおうなく目にとびこんできた。この理論についていずれ国際会議を開催したいと思っており、検証のためにいくつかのモデルを準備していますと彼女はいった。

　わたしはつぎのような質問をしてみようかと思った。「マリアのようなケースでは、心に創作物をつめこんだりせずに、世間に出して新生活をはじめさせるほうがいいんじゃないですか？」

　だが、質問しなかった。「いいえ、それはあまり賢明ではないでしょう。文明にとって、記憶のない人間ほど有害なものはありません」というような、専門家らしい自信たっぷりの答えが返ってくるだろうと思ったからだ。

　そうしたら、なんといえばいいのだ？

7

　ドクター・ヤーデリは、刺すような目つきでわたしをみつめながら、いわゆる〈特

〈別メニュー〉のひとりで、いちばん魅力的な生徒に会いたいですかとたずねた。願ってもないことですとわたしは答えた。

われわれは中庭を横切って海側の建物に向かい、風通しのよい階段をのぼって二階に向かった。案内されたのは、椰子《やし》の木のてっぺんを見晴らす東向きの部屋のひとつだった。礁湖のかなたの潮騒《しおさい》がかすかに聞こえてきた。ドクター・ヤーデリはノックしてからドアを開けた。

「いい天気ね、ハリー」彼女は陽気な声でいった。それからわれわれは室内に入った。

ハリーと呼ばれた男は、パジャマ姿で椅子に正座していた。やせた髭面の男で、髪は黒く、ふちの黒いおびえたような瞳は、たえず室内をうかがっていた。すえた汗のにおいだろうか、窓が開いているのに、むっとするにおいがたちこめていた。男はわれわれには直接的な関心を示さなかったが、ときおり頭を動かして、われわれの背後や左右にちらちらと視線を送ってよこした。それはまるで、われわれが彼の視界をさえぎっているかのようだった。

こちらはハリーです。ドクター・ヤーデリはいった。以前は成功した弁護士で、妻とふたりのこどもがいました。数年前のある夜、彼はベッドのなかで、家のなかのどこかから聞こえてくる物音を聞きつけました。こどもたちかもしれないと思って、ハリーはようすを見に行きました。しかし、こどもたちはぐっすり眠っていました。妻はなんの物音も聞こえないといいました。ハリーは妻に耳をすませてごらんといいました。じっと耳をすませても、ほんとうになにも聞こえないかい？　だれかが叫んでいるようだけれど、くぐもっているので、なにをいっているかはわからないような？　なにも聞こえないわ。きっと空耳《そらみみ》でしょうと妻はいいました。そこでハリーは、耳をすましたまま何時間も横たわり、そのうちに疲れはてて眠ってしまいました。

これが何週間もつづきました。ハリーは物音が気になって、すっかり睡眠不足になりました。昼間は、なにもかも正常でした。

やがて、ある朝、都会のデスクについて、うんざりしながらなにかの書類に目を通していたとき、またしてもあの遠い叫び声が聞こえてきました。家庭のそとで、明るい昼間に聞こえたのは、それがはじめてでした。ハリーは秘書にたずねました。秘書にはなにも聞こえませんでした。旧友でもある共同経営者にたずねました。彼にもなにも聞こえませんでした。気にすることはないとふたりはいいました。ストレスがたまっているだけだろうと。

そして、ハリーはあまり気にしませんでした。ところが今度は、なにかが見えるようになったのです。目の隅をちらっとかすめるだけですが、家でも事務所でも、たしかになにかが見えるのです。ふいに顔をあげると、ほんの一秒ぐらい、明かりを消した直後の残像のように、それが見えるのです。ハリーは人間の姿だと思いました。実際には、人間だと確信していたのですが、断言はできませんでした。すぐに消えてしまうからです。それは、ディナーテーブルの空いた席にすわっていたり、車の助手席にすわっていたり、デスクのそばに立っていたりと、しばしばすぐそばに現われましたが、ハリーがはっきりとらえる前に消えてしまうのです。

　そのころには、過去の経験で懲《こ》りていました。一度だけ、妻やこどもたちに見たものを話して聞かせました。そして一度だけ、屋外や屋内で見知らぬ人間が徘徊しているのを見かけなかったかとたずねました。

　おそれていたとおり、彼らは見ていませんでした。ハリーはこの話題を二度と口にしませんでした。事実、のちに妻がまだなにか見えるかとたずねたときには、彼は笑いました。鼻づまりだよ、鼻づまりのせいにちがいないと彼は答えました。

　しかし、何週間かたつうちに、食事をしたり、法律文書を読んだり、電話でしゃべったり、あるいはだれかとおしゃべりしたりといった日常的なことをしている最中でも、ハリーがふいに体を固くし、耳をそばだて、目を見開くことがしばしばあるのを、妻は気づき、みんなも気づくようになりました。それでも、みんながどうしたのとたずねると、彼はなんでもないと答えるのでした。

　それから一か月もしないうちに、ハリーはまったくの役立たずになってしまいました。遠くの叫び声に耳をすまし、だれにも見ることのできない人物の姿を一目見ようとして、昼も夜もそのことだけに時間を費やすようになってしまったのです。彼の瞳は、しだいに恐怖に満たされるようになっていきました。

海岸に一週間の休暇に連れていかれると、ハリーはすぐに回復しました。昔の自分をとりもどし、ここ数か月ではじめて妻と愛をかわし、以前と同じようにこどもたちと遊びました。ところがある午後、海岸でこどもたちが砂のお城をつくるのを手伝っているとき、またなにかにとりつかれてしまいました。彼は個人的な苦悩に閉じこもって、ひとことも口をきかず、その週の残りをホテルの部屋ですわったまますごしました。

彼は月曜日に家に連れもどされました。その日、彼がもっともおそれていた闇が迫りはじめたとき、ハリーは最後に口をききました。おそろしい心配事から無理やり自分を引きはなす男のような努力で、妻に話しかけました。しかし、ことばははっきりしており、妻が理解したとわかるまで、何度もくりかえしました。わたしのことを心配する必要はない。とことん戦い抜き、おまえたちを守り、おまえたちを失望させたりしないと。

妻はすすり泣き、どういうことなのとたずねました。しかし、彼は二度としゃべることができませんでした。

ほぼ一年前のことです。その日から、彼のすべての注意は、あのもうひとつの声、彼がひどくおそれているように見えるあの見えない同伴者に集中しました。

六か月前、ほかのあらゆる治療が失敗に終わって、絶望した妻は、ハリーを《自己喪失者研究所》に連れてきました。最初の朝、わたしは衝動にかられて、ハリーの頭のてっぺんに聴診器をあててみました。頭のなかから、非常にはっきりした音が聞こえてきました。遠くでどなっている声のようでした。わたしは即座に彼を〈特別メニュー〉に加えることにしました。

そこまで話したとき、ドクター・ヤーデリは聴診器をさしだして、どうぞお聞きなさいといった。ハリーはちっとも気にしませんから。

わたしは断わった。

ドクター・ヤーデリはこの症例に夢中になった。彼女と助手のひとりは、聴診器で増幅されたハリーの頭のなかの音を録音した。一台のコンピュータがそれを解析しているところだという。彼女はいつか結果が出るだろうと期待していた。

ドクター・ヤーデリがたずねた。ハリーの目が、われわれには見えない第三者の動きを追っているかのように、たえず動いていることに気づきましたか？　そして彼がそれをひどくおそれていることに？　数週間前、ハリーの目に映ったものを測定する検眼装置をつくらせるために専門家を招きました。これまでに集められたデータは、コンピュータに入力されました。ハリーが見ているものの合成映像をつくろうというのです。あと二、三回検査すれば、かなりはっきりわかるだろうと専門家はいいました。これまでのところ、不完全なデータからでも、スクリーンに映った体は人間のように見えるが、頭はかならずしもそうではないということはいえるそうです。

8

その部屋を出たときには、こびりついたにおいと、その場にすわっておそろしい個人的な世界に閉じこもっているハリーという男から解放されて、正直いってほっとした。廊下を歩いていきながら、わたしはドクター・ヤーデリにたずねた。

「どうしてここに収容したのですか？」

「このような事柄は、いくら注意しても足りません」ドクター・ヤーデリは刺すような目でわたしをみつめながら答えた。

わたしはそれについて考えた。

「その声がなにをいっているか、それがどんな姿をしているか、突きとめたとして、だからどうだというんです？」ハリーの問題を扱うのに、この世で自分ほどぴったりの人間はいないと、ドクター・ヤーデリが思っているのがわかったからだ。

「もちろんあなたは……そっとしておいたほうがいい、彼の頭のなかに閉じこめておいたほうがいいと思っているんですね？」

そしてわたしが、ええそうですと答えると、彼女は二度、三度と頭をふるだけだった。彼女はいかにもうれしそうに微笑んだ。

「ああ、久しぶりだわ……楽観主義者に会うのは」

そして、それ以上議論しようとはしなかった。

9

その日は、わたしにとって退屈どころではなかったので、五時の飛行機で本土にもどる予定をとりやめて、彼女のバンガローで夕食の招待を受けることにした。おいしい食事のあと、われわれはヴェランダの枝編み椅子にすわって、潮とコーヒーのかおりを楽しみながら、打ち寄せる波を飲みこむ珊瑚礁をながめた。椰子の木は、蚊をさえぎってくれる快適な偏東風におじぎをしていた。ドクター・ヤーデリがヨーロッパですごした青春時代や、修業や、有罪判決や、投獄、脱獄、そして帰郷について語っているうちに、熱帯の夜はあっというまに暗くなった。

「戦争が終わって何年もたってから、わたしは故郷にもどりました。とても愚かなことでした。不可能なことを望んでいたのです。そこには……なにひとつありませんでした。なにひとつ残っていませんでした」

彼女は〝なにひとつ〟ということばに手間どった。

「なによりも、飼犬のレックスに待っていてほしいと思っていました。おかしくはないでしょう? でも、もちろん、たとえ殺されていなかったとしても、ずっと前に老衰で死んでいたことでしょう」

ドクター・ヤーデリはコーヒーを口に運んだ。

「それから長いあいだ、ほんとうに問題なのだろうかと自問したものです。どちらにしても、そこにはなんの……恒久性もありませんでした。わたしは恒久性を信じることを学びなおさなければなりませんでした」

彼女のような職業の女性はきわめて少ないので、就職口をみつけるのは大変だった。こんな世界のはずれにある、ジャングルの小さな病院で職をみつけ、ジャングルのなかで生きる人々に特有の狂気の形態を理解しようとして時間をすごしてきた。

ヴェランダの薄暗い光のなかで、ふいにドクター・ヤーデリがわたしをじっとみつめているのに気づいた。それは生徒をみつめるのと同じ目つきだった。そのときはじめて、わたしを夕食に誘ったのには隠れた動機があるのではないかと思った。

そのころ遭遇した症例について聞きたくありませんか。ドクター・ヤーデリがいった。この土地の住民ではありません。高地の首狩族のあいだで精神的外傷を経験した、ひどく高齢のヨーロッパ人でした。

「あのころ、この研究所があったら……すばらしい生徒になっていたことでしょう。命を救うことさえできたら」

ドクター・ヤーデリはわたしをみつめていた。彼女はことばを強調するようにはっきりと発音した。

「彼の名前はエイモス・マッケンジーでした」

その名前を聞いたとたん、わたしは緊張した。ヘレンにパタゴニアの物語を話してからあまりたっていなかったからであり、わずか数週間前に、ドナルド・クロマティに物語の調査をたのんだばかりだったからである。いっぽう、マッケンジーという名前はありふれていることも知っていた。

しかし好奇心をそそられたので、わたしはたずねた。「エイモス・マッケンジー？」

「ええ、そのとおりです。彼は老人でした。そういえば彼は、あなたと同じ国の出身でしたわ。聞いたことはありませんか？」

ふいに、わたしはことばに気をつける必要を感じた。

「わたしの国では、マッケンジーという姓はありふれていますからね。彼と話したのですか？」

　ヴェランダの明かりは薄暗かったが、ドクター・ヤーデリがまだわたしの反応をうかがっているのがわかった。なにを見たにせよ、それ以上わたしに質問しないことにしたようだった。

「もっぱら彼が話しました。高地のジャングルでの経験について。彼のような高齢の人間には……困難な旅だったにちがいありません」

　彼女はコーヒーを口に運び、ふたたび心のノートを調べて、ぴったりのことばをさがした。そしてわたしはというと、肩の力を抜いて、少なくとも、その老人がパタゴニアのマッケンジーのひとりだったというのは、およそありそうもないと考えていた。わたしもコーヒーを口に運んで話に耳を傾けた。

　エイモス・マッケンジーが病院に運びこまれたとき、常勤医はできるだけのことをしてから、彼女のもとに来て、手を貸してもらえると非常に助かるのだがといった。マッケンジーは、ジャングルで彼を発見した数人のハンターによって運ばれてきたのだが、とても危険な状態だった。

　小さなブリキ屋根の病院のベッドに横たわったその姿を、ドクター・ヤーデリははっきりと憶えていた。背が高く（たとえ横たわっていても、彼女は患者の身長を推定することができた）、やせ衰えて、その皮膚は樹皮のようで、少なくとも七十歳にはなっているようだったが、彼はいつでも老人に見えるタイプの人間だったので、はっきりしたことはわからなかった。

彼をしゃべらせるのは簡単で、しかもそれは聞きやすかった。彼は発音のはっきりした甲高い声の持ち主で、聞き手ができてうれしそうだった。地図と地図とのあいだの辺境の地のひとつで（そういうフレーズを使ったのだ）考古学探検をしていたと彼はいった。メラペ川の川岸で……。

10

……メラペ川の川岸で、わたしは同僚たちと、いくつかの小さなピラミッドの発掘に汗を流していた。ピラミッドは高さが五十フィートで、何世紀にもわたってジャングルにおおわれてきたものだ。その幾何学的な通路には危険な茶色の蛇が棲息していた。その地域では、砂岩のたぐいを刻んでつくった巨大な卵形の岩がつぎつぎにみつかった。それらはラヌ樹ほどの高さがあったが、密集したジャングルのせいでほとんど目立たなかった。最初は風変わりな塚にすぎないと思ったが、やがてその基底部が粗いカーテンのような蔓草におおわれていることがわかった。茶色の蛇はそのあたりにも棲息していた。

同じようなものを見たことはあるのだが、それは別の国でのことだった。この国では一度も見たことがなかった。それを説明できるような理論はもちあわせていなかった。

気候は最悪だった。熱気がピークに達して湿度もいちばんうっとうしい午後遅くになると、雨が降りはじめ、暗くなるまで何時間もざあざあと降りつづけるのだ。樹木はなんの役にも立たなかった。はるか上方にある樹葉は、一時的に水を貯えてより大きな水滴にする働きしかしなかったからだ。そして、雨に勇気づけられたかのような蚊と刺し蝿の大群に襲われたが、それでもわれわれは発掘をつづけた。

その地点での最後の日の黄昏《たそがれ》ごろ、われわれは石でできた手を発見した。草木におおわれた塚には気づいており、形はいびつだったが、同じようなものだろうと思っていた。だが、蛇に出くわさないように気をつけながら、山刀で草木をなぎはらってみると、蔓草の手袋からぬっと突きだした、ずんぐりと巨大な指がみつかった。流砂に溺れようとしている巨人のように、その手は空《くう》をつかんでいた。あらゆる文明から遠く離れたこんな僻地《へきち》で、こんなものがみつかったので、われわれはびっくりしてしまった。

だがそれは手だけではなかった。二十フィートの長い刺し棒を使って周囲の土を探ってみると、腕や肩や頭のあることがわかった。像全体の高さは七十フィートで、この穴に直立した状態で埋められており、片手だけが地上にとり残されたにちがいない。重大な発見であることはわかっていた。だが、われわれはあまりにも理性的で、あまりにも仕事に熱中していた。

翌朝、空はまだどんよりと曇り、ジャングルはいつものように静まりかえっていた。われわれは茶色の川にボートを出して、さらに上流をめざした。

約六マイル上流で、やつらが襲ってきた。メラペ川が濃褐色になって河幅がせばまり、両岸のジャングルが同じ本のつまったはてしない本棚のように高くそびえる地点だ。われわれは東岸近くにいて、やつらの存在にはまったく気づかなかった。つぎの瞬間、大気は両岸から飛んでくる槍と矢と奇声に満たされた。われわれはオールをあやつって岸から離れようとしたが、褐色の腕がボートのしたからぬっと突きだして舷縁をつかんだ。何人かが葦の茎で息を吸いながら水中にひそんでいたのだ。

そこで、わたしも水中にとびこみ、泥だらけの顔や、わたしをつかんで引きずりこもうとする腕に襲いかかった。わたしは深呼吸して水中にもぐった。つかみかかってくる邪悪な人影らしきもののほかは、なにも見えなかった。わたしはそいつを蹴りつけ、ひたすら泳ぎつづけた。

恐怖が息をつづかせた。水面に出てみると、五十フィート下流だった。さっきまでいた場所に目を向けると、網にかかった魚の群れのように水面が激しく波立ち、絶叫が聞こえてきた。わたしはまた水中にもぐり、浮上したときもふりむかず、急流にまかせて泳ぎつづけた。なにがひそんでいるかわからない川岸よりも、川の危険のほうを選んだのだ。

どれだけ水中にいたのか、どれだけ泳いだのか、まったく憶えていない。だがそのうちに、ジャングルの鳥たちの単調な金切り声が聞こえてきて、その音を久しく聞いていなかったので、そろそろ西岸をめざしたほうがいいだろうと思った。そのころにはすっかり日が翳《かげ》っており、日没が近いことがわかった。わたしはひと晩休めそうだと思われた平坦な泥地めざして泳いでいった。もう眠ることしか考えられなかった。疲労のせいで恐怖を忘れていたのだ。メラペ川から湿った岸に這いあがり、泥の悪臭にもかかわらず、たちまち眠りに落ちた。

目覚めると、無秩序な悪魔の顔がいくつも目の前に浮かんでおり、まもなく苦しんで死ぬことになるだろうと悟った。イシュトゥラム族にみつかってしまったのだ。部族のペイントと戦士の頭飾りで、メラペ川の流域に住むすべての部族のなかでもっとも野蛮な部族であることがわかった。彼らはわたしをとりかこみ、その黒い瞳には病的に白く見えるであろうわたしの肌を投槍器の先でつついていた。彼らはわたしの手を縛りあげ、村に引きずっていった。これから彼らは、汚された領域を浄め、汚したもの、すなわちこのわたしを処刑するという、長い長い儀式をとりおこなわなければならないのだ。彼らの手に落ちた多くの旅人と同じように、わたしもできれば彼らの槍で殺されたかった。

それから三週間、わたしは足首を村の中央のラヌ樹につながれて、厳重な監視のもとに置かれた。だが、孤独だったわけではない。なぜなら、ひどく残忍な部族でありながら、イシュトゥラム族は饒舌《じょうぜつ》であり、会話が大好きで、死を宣告されたよそものに秘密を隠そうとはしなかったからだ。

たとえば、彼らのシャーマンは、後頭部に目がついていた。羽毛の外套と彩色した顔というでたちのシャーマンが、わたしに背中を向けて、痛々しく充血したその目をこらしてみつめるたびに、それを何度も見ることができた。見張番の話では、シャーマンの妻たちは四歳か五歳のこどもを選んでシャーマンの後継者にするという。およそ十年の歳月をかけて、彼らはこどもの左目を眼窩から徐々にひっぱりだし、じわじわと視神経をのばしていって、ついには眼球が左耳のうしろに来るようにするという。それは油を切らしたことのないバナナの皮にくるまれて、紐で頭にくくりつけられていた。

シャーマンの後頭部の目の視力は鋭くなかったが、また別の力を秘めており、部族の人々がもっともおそれるのもこの目であった。それは死者の家を透視するという。

イシュトゥラム族の敵を麻痺させるという。肉体から離れた、そのゆらめく凝視は、ひっきりなしにわたしに向けられるのだった。

イシュトゥラム族にとって、ある種の動物は人間の延長であり、余分な手足のようなものであることもわかった。もっと知られているメラペ川流域の多くの部族と同じように、彼らはノミやシラミを駆除するために、髪の毛のなかに小さな猿を飼っていた。それればかりではない。思春期になると、少年たちは体長約八インチの青い蜥蜴を飲みこまなければならないのだ。蜥蜴は月が満ち欠けするあいだ胃袋のなかで生きつづける。蜥蜴を殺してしまわないように、少年はできるだけ静かに横たわっていなければならない。水だけを飲み、非常な注意を払って排便する。胃袋のなかにいるうちに蜥蜴が死ぬと、少年の魂もたちまち死んでしまうとイシュトゥラム族は信じている。そのような死を何度も見たと見張番はいった。

縛りつけられたラヌ樹から、蜥蜴をひっぱりだす儀式をじっくり見ることができた。とらわれの身になって数日後のことである。ある日、太陽が天頂にのぼったとき、担架に乗せられた八人の少年が、家族によって小屋から運びだされ、円を描くように並べられた。シャーマンが登場した。あいかわらず羽毛のマントを身につけていたが、その顔は爬虫類を思わせる毒々しい色に彩色されていた。後頭部の眼球はたくしこまれており、視神経は頭の横をぐるっとめぐって、うつろな眼窩につながっていた。シャーマンはしばらく歌ったり踊ったりしてから、蜥蜴をひっぱりだす儀式にとりかかった。細長い撚《よ》り糸をとり、その先に蜥蜴の大好物である小さな黄色の蠅を結びつけた。耳ざわりな呪文をつぶやきながら、シャーマンは最初の少年の喉に糸を垂らしていった。少年は身をすくめてじっと横たわっていた。

シャーマンは手を休め、それから釣り人のようにゆっくりと糸を引きはじめた。少年は家族名をくりかえし唱えはじめた。部族の人々は息をひそめて見守っていた。やがて少年の口に蜥蜴の頭が現われた。シャーマンがすばやくひっぱりだして助手に渡すと、助手はそれを枝編み細工の籠にしまいこんだ。

わたしはシャーマンの技術に感嘆した。ほんの少しでも手元が狂えば、蜥蜴は蠅を拒絶するだろう。それは少年にとって死を意味するのだ。この日、すべては順調だった。蜥蜴は儀式に参加した七人の少年たちからすばやくひっぱりだされた。試練が終わってほっとしたのか、少年たちはぐったりと横たわり、部族の人々も緊張を解きはじめた。

だが、シャーマンは八人目の少年で手を焼いていた。彼の蜥蜴は、糸をいくら上下に動かしても反応しないのだ。少年はすすり泣きをこらえながら家族名を唱えつづけた。シャーマンはとうとう新しい蠅を糸につけた。それでも反応はない。少年の体内の蜥蜴は死んでいるのではないかという恐怖が、イシュトゥラム族の人々の顔に広がっていった。

だが、シャーマンは敗北を認めようとしなかった。彼は立ちあがり、仰々しい身ぶりで後頭部の眼球のおおいをはずした。彼はその目で少年をしばらくにらみつけた。それから眼球を後頭部のバナナの皮にくるみ、震えている少年に身をかがめた。彼はもう一度糸を送りこみ、しばらく待ってから、そっとたぐりはじめた。少年は家族名を呪文のように何度も何度も唱えていたが、その声がしだいにごろごろという音に変わったかと思うまもなく、シャーマンは見るからに衰弱した蜥蜴を喉からひっぱりだした。顔面の彩色にもかかわらず、シャーマンの幽霊じみた顔に歓喜の表情が浮かんでいるのがわかった。三度目の試みに成功していなかったら、もはやそれまでで、少年は即座に死んでいただろう。イシュトゥラム族から歓喜のどよめきがあがった。シャーマンの技術に驚嘆したのかと思ったが、それよりも、あのグロテスクな凝視に直接さらされてもくじけなかった少年に驚嘆しているのだった。切迫した死だけが少年に勇気をあたえたのである。

思春期におけるその試練は、イシュトゥラム族の男性にとって、新たな試練の準備でもあり、それからまもなく、戦士とハナジロアナグマの一種の小さな齧歯《げっし》類《るい》とのあいだに、親密な関係が結ばれるのである。

見張番が未婚の男子のときには、そのペニスの先にこの動物が金のリングでつながれていることに、わたしは気づいた。アナグマは所有者の精液を常食にしている。見張番がオナニーをするたびに（イシュトゥラム族はけたはずれのオナニー常習者で、わたしの見張番は持場につくやいなや、きわめて念入りにこの作業にとりかかるのだが）、彼のアナグマは精液をきれいに舐めとってしまうのである。これは目撃したわけではないが、未婚の戦士が女たちのひとりとセックスするときも、勃起したペニスにしがみついた彼のアナグマは、女のヴァギナに最初にもぐりこんで、精液を残らず飲みこんでしまうらしい。婚姻あるいはふさわしいポトラッチをとりおこなう前に、私生児が生まれてしまうのを防ぐ、このきわめて実際的な方法に、わたしは驚嘆を禁じえなかった。

結婚式がとりおこなわれるときには、ふたたびシャーマンが重要な役割を演じる。思春期彼は齧歯類のリングを正式に切断し、かくして実りある結合を許可するのだ。たいへんの蜥蜴の場合と同じように、正式な切断の前にアナグマが死んでしまうと、たいへんなことになる。イシュトゥラム族は、所有者の精液がすっぱいか、彼には動物を生かしつづけるだけの強さがなかったと解釈するのだ。その男は部族内では結婚できない。

彼らは結婚を結合と呼ぶ。アナグマから解放されるやいなや、男は不貞がきわめて困難になるような方法で花嫁と結びつけられるのである。またしても、シャーマンが中心的役割を演じる。集合した部族の前で、彼は男の左手と女の右手の、親指と人差し指のあいだの皮膚を縫いあわせる。そのときは魚の骨でできた細い針と腸でできた糸を使う。縫合はわずか数分で完了し、いかにもイシュトゥラム族らしく、そのあいだ男女とも苦痛の色はまったく見せない。結婚生活の最初の六か月間、ふたりはなにもかもともに行動しなければならない。女が料理したり、食事したり、庭いじりをしたり、小便したり、大便したり、月経を迎えたりするとき、男は女と行動をともにする。女のほうも、危険な狩りや、椰子酒をがぶ飲みする毎週のどんちゃん騒ぎや、運が悪ければ、部族間戦争にまで同行しなければならない。

六か月がすぎて、女が妊娠の前兆を示すと、シャーマンはふたりの手を注意深く切りはなし、結婚の傷だけが残る。女は出産の準備のために女性集団に加わる。

最初のうちは、もっと年かさのカップルがいまだに手をつながれているのを不思議に思った。やがて、こどものない夫婦であることがわかった。彼らの手は死ぬまで縫いあわされている。どんなことをしても不妊の悲劇を埋めあわせることはできないが、だれもが彼らをとてもやさしく扱うのだった。

だが、わたしの分のやさしさは残されていなかった。少なくとも、あのときわたしが思っていたような意味では。そしてわたしもまったく期待していなかった。三週間後、部族全員の前で、見張番はわたしをラヌ樹のつなぎ縄からはずし、低い木枠に手足を広げさせて、シャーマンが儀式的な結び目で縛りつけた。呪文が大きくなった。

最後の浄化儀礼がはじまったのだ。

剃刀《かみそり》のように鋭い竹の裂片を使って、シャーマンはわたしの体の前面に無数の小さな切傷をつけはじめた。満足するまで傷をつけると、裂片を丁寧にぬぐって助手に渡し、それからつぎの儀式にとりかかった。彼は左手の指先でわずかに傷口を広げ、血をまぜた少量の土を右手で押しこんだ。それから、たえず呪文を唱えながら、さまざまなジャングルの植物の苗木を傷口につめこみはじめた。

この苦痛に満ちた儀式のあいだ、わたしは意識を保ちつづけた。シャーマンは、おおいをはずした後頭部の目を頼りに、わたしに背中を向けたままこの複雑な手術をとりおこなった。彼が身をかがめると、ジャングルの動物のようなにおいがした。集まった部族は、この浄化儀礼に集合的な力を作用させながら、やはり儀式に背中を向けていた。わたしをみつめているただひとつのイシュトゥラム族の目は、シャーマンの後頭部の血走った目だけだった。その目には、わたしの苦痛と絶望に対する同情の色が宿っていた。

それから一週間、わたしは村の中央の木枠に縛りつけられていた。しかし、いままでは、部族の人々は遠くからわたしを見ることが許されていた。数時間ごとに、シャーマン本人がやってきて、わたしの体に生えた植物にひどいにおいのする混合物を散布し、わたしの口にも無理やり押しこむのだった。

はじめのうち、植物たちはぐったりとしおれており、シャーマンは心配そうだった。だが、二日がすぎると、ジャングルのすべての植物と同じように生き生きとなって、傷口のなかで育ちはじめた。傷口の膿を養分にしたのだと思う。そのうち、小さな根が足場を求めて探りを入れるにつれて、体内にくすぐったい感覚を覚えるようになった。自分の体が花壇に変わろうとしているのが感じられた。

その週の終わりの晴れた朝、部族全員がふたたび集合した。最強の戦士六人が、リズミカルに呪文を唱えながら、木枠に乗せられたわたしの体をもちあげた。彼らは列をなして、村から北へ半マイル離れた川岸へと運んでいった。彼らがわたしを発見した場所である。わたしの小さな植物たちは、苗床に運ばれていく苗のように、朝のそよ風のなかでゆらゆらとゆれていた。

水際の乾いた泥には、すでに浅い墓穴が掘られており、木枠に縛りつけたまま、わたしはそこにおろされた。シャーマンは、川に向かって祈禱を唱えながら、小さな植物と顔だけを残して、わたしの体にそっと肥沃な土をかぶせた。

わたしは理解した。これからわたしは自分が汚したまさにその場所の土となり、すっかり浄化されて祝福された自然にみずからを返し、わたしが引き起こした汚染のつぐないをすることになるのだ。

立ち去る前に、部族のひとりひとりが、祈りをつぶやきながら、許しばかりでなく愛情までこもった表情で、わたしを見おろしていった。それから彼らは立ち去り、わたしはひとりになった。

わたしはその場に三日三晩横たわって、体に生えた植物たちが大きく力強く育っていくのを見たり感じたりしていた。彼らがとても健康なのと、わたしの体のしたのジャングルの土に早くもどりたがっているのを感じることができて、わたしは安らぎを覚えた。ときおり彼らに話しかけたり、励ましたりしようとしたが、わたしのことばは枝の震えや木の葉のため息になってしまった。昆虫が植物たちのあいだに巣をつくりはじめ、一度などは、虫をくわえた小鳥が、胸のまんなかから生えたお気に入りの小さなウルシの木にとまったこともあった。小鳥は恐怖の色も見せず、わたしの瞳をしばらくのぞきこんだ。

三日目になると、全身が周囲の土にしっかりと根を張りはじめたのが感じられた。指がしだいにしたへのびていくのまで感じられた。それはわたしが心待ちにしていたものだった。いや、われわれが心待ちにしていたというべきかもしれない。そのころには、もうなにも思いわずらうことはないと悟っていた。自分自身が肥沃な土壌に変わっていくのに身をゆだね、もはや苦痛ではなく、いかなる人間も享受したことのない歓喜のきわみを受け入れるのだ。わたしの体は、すでに宇宙的な無限のオルガスムの一部となっていた。

そして目覚めると、わたしはこの病院に収容されていた。ハンターかだれかが、まだ生きているわたしを発見したらしい。彼らはわたしの体から草木を切りとって（かわいそうなこどもたち！）、ここへ運びこんだのだ。毎日、外科医たちがわたしをとりかこみ、何時間もかけてわたしの体から根を切除したが、それは全身が焼けるような苦痛だった。ようやくひとりきりになると、わたしはここに横たわり、窓からほんの数百マイル先で、じっとわたしを待っている、愛するジャングルをみつめてすごした。彼らがなにをしようとも、最後にはわたしを歓迎してくれるジャングルを。

11

「彼の体には傷ひとつありませんでした」ドクター・ヤーデリがいった。「しかし、彼の病気がなんであれ、それはわたしが知っているどんなことばでも癒《いや》せないほど……悪性でした。手のほどこしようがありませんでした。食物をいっさい受けつけないまま、数日後に彼は死にました。われわれは彼の遺体をジャングルのはずれに埋葬しました」

「ほんとうに傷跡はなかったんですね？　腹部に傷跡らしいものはありませんでした

か？」

ドクター・ヤーデリは例の鋭い目つきでわたしをみつめた。

「ひとつも見あたりませんでした。どうしてそんなことを？」

わたしは理由を答えず、それ以上質問もしなかった。ドクター・ヤーデリをそこまで信頼する気にはなれなかったのだ。いまでは、彼女がわたしを夕食に招いたのも、わたしという人間を知りたかっただけで、他意はなかったと確信しているが。彼女はすべての人を潜在的生徒とみなしており、わたしになにかそれらしいものを感じとったのだと思う。

わたしは黙ってすわったまま、このエイモス・マッケンジーが、はたしてパタゴニアのマッケンジーのひとりだったのだろうかと考えていた。それは驚くべきことではないだろうか？　過去は、ある意味で、未来によって左右されるかのようだ。祖父がわたしに話してくれたマッケンジーたちがほんとうに実在していたことがわかれば、なにもかもがらっと変わってしまうのだ。

ドクター・ヤーデリがまだわたしをみつめていたので、占い師に手のひらをさしだすように、できるだけ顔を近づけてみせた。彼女なら、人相から生活史を読みとる技術をもっているにちがいないと思ったのだ。

わざとらしく腕時計を見て、すっかり遅くなってしまったとおおげさに驚いてみせてから、わたしはいとまごいをして、安全なゲストハウスに退却した。

彼女には二度と会わなかった。わたしは翌朝早く島を発《た》った。南西の都市をめざすために飛行機がぐるっと旋回したとき、眼下の海は霧にかすんで波ひとつなく、ドクター・ヤーデリの島は、まだなにも書かれていないか、すべてが消された巨大な灰色のページの汚点《しみ》のようだった。

12

返答は質問者しだいである。機内の乗客が旅についてたずねてきたので、わたしは、青空や海、浜辺や珊瑚礁、椰子の木や貿易風についてしゃべった。

こんなことをヘレンに話すのは、なにも話さないのと同じだろう。家に帰り着いた夜、われわれは情愛をこめてセックスした。それからわたしは、ドクター・ヤーデリと《自己喪失者研究所》について、遺棄されたプールについて、マリアとキキブリーについて、ハリーの目に見えない苦痛について語った。そして最後に、エイモス・マッケンジーとイシュトゥラム族について語った。

最後の話には、ヘレンもわたしと同じくらいびっくりした。

彼女の手はわたしの胸に置かれ、わたしは彼女の美しい髪を愛撫し、体臭を楽しみ、なだらかな肩と背中をなでさすっていた。大きな窓から夜の雲が見えたが、そのままではもの足りなかったので、さまざまな生き物や姿形を思い描いた。

エイモス・マッケンジーについて考えながら、わたしはいった。

「彼がほんとうにあのマッケンジーだとしたら、いっさいの背後には、あるパターンが存在すると信じることもできそうだね」

「そうかもしれないわ」

「ドクター・ヤーデリが彼について話しはじめたときは、自分の過去の重要な部分に足を踏み入れたような、変な気分だったよ」

わたしが哲学的な気分にひたっていると、彼女はやさしくキスをしてくれた。

「ことによると、ぼくは少年時代の生活を思い出していたのかもしれない。希望するとはどんなことかをね。変な気分になったのは、希望にあふれていた時代の思い出のせいかもしれないな」

ヘレンはしばらくなにもいわなかった。悲しませてしまったのかもしれないと思った。だが、彼女がしゃべりはじめたとき、それはエイモス・マッケンジーについてだった。自分の命が樹木や草に変えられると信じるなんてばかばかしいわと彼女はいった。残されたものといえば、ことばによる物語だけなのに。ある意味で、ことばだけが枯れることのない花だというのに。

わたしはことばが花であるという考えが気に入った。人はいちばんうれしいことばを集めて、それを大切にしまっておくではないか。わたしはヘレンにそういった。わたしと彼女は、よくこんな会話をして楽しんだものだった。そしていつものように、あるところで彼女は笑いはじめ、体をすり寄せてきて、いつのまにかわれわれは、男女に特有の接木《つぎき》形態に入りこんでしまうのだった。

あとになって、(まだヘレンには告げていなかったが)、もう一度ドナルド・クロマティに手紙を書き、パタゴニアのマッケンジーのひとりかもしれない、エイモス・マッケンジーなる人物の生死について聞いたことを知らせようと決心した。ひょっとすると、この情報は祖父の物語の調査にいくらか役立つかもしれない。そのときのわたしは、パラダイス・モーテルで、これらすべてを彼がどう使うか、想像もしていなかった。わたしは寝返りを打ち、ヘレンの甘いかおりを胸いっぱい吸いこんでから眠りに落ち、いままでと同じくらいぐっすり眠った。

第三部　レイチェル

レイチェル・マッケンジーと姉のエスターは、国境地の、聖職更生教会尼僧教団によって運営される、浮浪児と孤児（女子のみ）のための施設《セント・フィオナズ・ホーム》で数年をすごした。もともとレイチェルは、ひどくひっこみじあんな少女だったが、緊張病が服従や従順とみなされるような施設では、それはよいことだった。十四歳のときには、ほっそりと美しい繊細な娘に育っていた。

レイチェルは、毎日何時間も、孤児院の薄暗いボイラー室に閉じこもるようになった。自分の体がばらばらに分解して日光に蒸発していくような気がするからそうするのだと、彼女は姉のエスターに告白した。暗闇にいれば安心なのだと。

ますます美しくなっていくにつれて、レイチェルはますます無口になり、ますます簡単なことばしか使わなくなった。しかし、彼女の姉やほかの孤児たちは、彼女がなにをいいたいのか理解するのがますますむずかしくなっていくのに気づいた。彼女の美しさは、無味乾燥な環境とあまりにもかけ離れていたので、彼女が孤児院を出る年齢に達すると、みんなほっとした。

彼女は首都に行き、いくつかの職を転々として、タイプを学ぶ夜間学校に入学できるだけの金を稼いだ。この時期、彼女は多くの恋人をもった。彼らは彼女の体に入ることは許されたが、心に入ることはけっして許されなかった。

孤児院を出てから、レイチェルが兄弟姉妹に会ったのは一度だけだった。二十四歳の誕生日を迎えた年、彼女は〈モーリシャス号〉で北アメリカに渡った。完全に曇った日のほかは、舷窓をすべておおった船室にこもってすごした。上陸すると列車に乗りこみ、ブラインドをおろした個室にこもって大陸の内部をめざした。目的地に到着したのは夜だったが、暗闇の性質が、旅した距離によって改善されていないとしても、ともかく減少してはいないことがわかって、彼女はほっとした。

『ノート』　A・マクゴウ

I

二か月後か、あるいは三か月後だったかもしれないが、ヘレンが都市に外出した日に、わたしは車を運転してＪＰの田舎の別荘に向かった。彼はとても高齢で（少なくとも八十歳にはなっているだろう）、とても優雅で、くせのない銀色の髪をした老人だった。事実、銀色の肌、銀色の声、かすかに銀色を帯びた微笑など、彼には銀色がつきまとっていたといっても過言ではない。わたしはある女性写真家について話を聞きたいと思っていた。もうずいぶん前に亡くなったが、死んでゆく人々の写真を撮るのを専門にしていた写真家である。ＪＰが都市で大きな新聞社を所有していたとき、彼女は彼のために仕事をしたことがあった。だが、ＪＰは彼女のことをまったく憶えていなかった。いずれにせよ、彼は自分の経験について語るほうがずっと好きな老人だった。

われわれはソファの両はしに離れてすわった。室内にはかすかにアフターシェーブローションのかおりが漂い、快適な近代家具や機械類が並んでいた。部屋の片隅にはステレオとレコードの棚があり、われわれの横のテーブルには、ずんぐりした象牙色の電話機があった。わたしがそこにいるあいだ、ベルは一度も鳴らなかった。ときおり、私道のはずれの道路をゆったりと走っていく黒い四輪馬車が見えた。それは、この地域でまだ農業をいとなんでいる、ある宗派の人々が使っているのと同じ種類の馬車だった。ＪＰの家の窓のこちら側から馬車をながめるのは、まるで時代設定の古い映画を見ているようだった。あんな時代錯誤な人々のすぐそばに住むのは変な気分でしょうね、というと、ＪＰはしばらく押し黙ってから、そんな考えは、われわれの住む固い大陸がゆっくり漂流しているという意見や、われわれが太陽のまわりをむなしく回転しているという意見と同じくらいつまらないものだといった。

わたしは雑談をつづける努力をあきらめた。だが、ＪＰはことばをつづけた。ひょっとするとわしは、もはやどんなことにも驚かない人間かもしれない。年をとると、なにもかもが驚きになるといわれたものだ。毎朝目が覚めるといったことまでも。そのような驚愕の連続に対する防御として、無関心とまぎらわしい態度を発達させるものもいる。そして、自分でも無関心だと思いこんでしまうのだと。

2

「だが、考えてみると、わしは無垢の心を失うのが早すぎたかもしれない」

外国ですごした少年時代、おやじの農場で働いていたときには、秋になるといつもウサギ狩りに出かけたものだ。銃と凶暴なフェレットをいっしょに使う連中もいた。ウサギを驚かせて銃の前にとびださせるために、訓練したフェレットをウサギの穴に放つのだ。

だが、おやじは銃もフェレットも使おうとしなかった。ウサギをわなにかけるほうが好きだった。おやじの方法は、足跡の多いウサギの通り道に、木の支柱と輪縄を備えた小さな絞首台をしかけることだった。わなはひと晩放置され、翌日、われわれはわなにかかったウサギを集めてまわった。

こども心にも、ウサギがかわいそうな気がしたが、わなも嫌いではなかった。おやじがわなを使うのは、やさしさのしるしだと思っていた。少なくとも、ウサギにはわなを避ける希望が残されているからだ。そのことをおやじにたずねると、おやじは笑ってわしの頭をぽんぽんとたたいた（当時、わしは十二歳ほどだった）。わなにすべきだといったのはおまえの母さんだ、とおやじはいった。ウサギに対するフェアプレイとはなんの関係もない。それどころか、おまえの母さんは、ひと晩わなにかかったウサギほどうまいものはないと信じているんだ。肉がやわらかくなって、ほっぺたが落ちるほどうまいそうだ。ウサギの苦痛が引きのばされることと関係があると母さんはいっている。銃だとあっさり死んでしまうからだ。

　唇にひらめくＪＰの舌は、内側から顔を切り裂いてことばをほとばしらせる、小さな銀のナイフのようだった。

「苦痛の持続が人間にも同じ効果をもたらすとすれば、わしらはとてもうまいごちそうになるだろう」とＪＰはいった。モダンな部屋の快適なソファに並んですわっているわれわれのことをいっているのか、それとも一般的な人間のことをいっているのか、よくわからなかった。わたしに向けられた銀色の瞳に宿る意味ありげな表情に、わたしはかすかな不安を覚えた。

　ＪＰはことばをつづけた。苦痛はこれくらいにして、死の話をしてやろう。わしはうんざりするほどたくさんの死を目撃してきた。血まみれの死を。とりわけ、戦争特派員をしていた時代に。もう遠い昔のことだ。だが、別の死もあった。平和な時代だからこそきわだつ死だ。センチメンタルに聞こえるかもしれないが、いまでもふたつの死を憶えている。どちらも非業の死で、ひとりは男性、ひとりは女性だった。

　最初の死は、わしがこの近くの田舎町のひとつで駆け出しの新聞記者だったときに起きた。どこから見ても自殺だった。それでも、たまたま煙草を買うために寄り道していなかったら、男がひとり絞首刑になっていただろう。

「おもしろいものを見せてやろう」そういって、ＪＰはいくらかぎくしゃくと立ちあがった（老齢の銀が関節にもまわっていたのだ）。彼はライティングデスクの横の戸棚に近づいてひきだしをかきまわし、黄ばんだ紙切れを手にしてソファにもどってきた。その紙には、古めかしい活字書体で、簡潔なメッセージがタイプされていた。

ぼくの命は風前の灯火《ともしび》だ。金を返さなければ殺すとジャック・ミラーに脅迫されているんだ。どうかそんなまねはさせないでくれ。たのむ。

そのメモには、きっちりした小さな書体で――〈ジェラルド・ルンド〉と署名されていた。ルンドは自殺した男だ、とJPがいった。ジャック・ミラーは絞首刑になっていたかもしれない男だ。

JPがそのメモを入手したのは、ルンドの死の審理が終わって、裁判が結審したときだった。警察はなにもいわなかった。似たようなメモが六枚みつかっていたからだ。ルンドは、自分の死の翌日に届くように、医者、弁護士、同僚などにそれらを郵送したのである。

「それぞれのメモには同じことが書かれていた。自分はミラーに殺されるおそれがあるというものだった」JPは、銀色の瞳をなかば閉じて、ソファに背中をあずけた。

「当時、もしミラーが殺したということになれば、彼はここから南に五マイル離れたバスデン村の住民に処刑されていただろう」

わたしとしては、ルンドの話のつづきが聞きたかったのだが、これからJPはバスデンについて話すだろうということがわかった。脱線さえしなければ、彼の心のなかでは話がちゃんとつながっているのだろうかと、わたしは思った。ひょっとすると、彼のような人間には、直接的な表現は粗雑すぎて我慢がならないのかもしれない。さもなければ、彼の記憶の小道には、なかば忘れられた交差点や袋小路がとてもたくさんあるので、もはや完全な確信をもって目的地に歩いていくことができないのかもしれない。いずれにしても、彼はソファにもたれ、長い銀色の右指を折り曲げて、たるんだ皮膚のしたで乾いた骨が鳴っているような、こきこきという音をたてていた。

3

バスデン村は、自然石でできた家屋が建ち並ぶ小さな村だった。過去百年間の正式な死刑執行人は、モリソン家という一家族の人間で、彼らは数世代にわたってその村に住んできた。JP本人が、絞首刑の時代の最盛期に、モリソン兄弟のうちのふたりにインタビューしたことがあった。会うまでは不安だったが、ほっそりとした体つきで燃えるような赤毛の兄弟は、ごくふつうの陽気な男たちだった。村人は彼らのことをとても誇りに思っており、ブランコとメイポールのある遊園地に彼らの名前をつけたほどだった。

モリソン兄弟はJPに、自分たちは「絞首台製作者」にすぎないと強調した。彼らのただひとつの責任は、絞首台が機能的に欠陥がなく、絞首刑をきちんと執行できるようにすることだった。処刑後の絞首台の真下の清掃は、断固として拒絶した。絞首刑の犠牲者は落下の際に失禁することが多いのだ。処刑されるのが女性の場合には、ロープの先で体が急停止したときに、かならず子宮が落下しつづけるという事実はいうまでもない。掃除屋にまかせたほうがいい仕事もあると、モリソン家の人々は思っていた。

最初のインタビューの数年後、死刑が廃止されてからまもなく、JPはふたたびモリソン兄弟に会いに行った。彼らはあいかわらず陽気で、自分たちで栽培した園芸野菜の屋台を町に開いていた。専門はトマトだった。JPは兄弟に、死刑廃止をどう思うかとたずねた。弟のほうは（そのころには、ふたりとも年配になっていたが）、まったく気にしていない、いまではすばらしい思い出だと答えた。だが、兄のほうは自分たちの専門職の死を悼んでいた。死刑を廃止してから、殺人事件がなくなったようにも見えない。ちがいがあるとすれば、近ごろでは人を殺す手際が悪くなったことだ。どこかの裏小路でしろうとに襲われて、銃身を切りつめたショットガンで手足を撃たれるくらいなら、熟練した処刑人に殺されたほうがましだ、と彼はいった。

ＪＰは微笑を浮かべていた。「読みたければ、ファイルにインタビューのコピーがあるぞ」ときおり、その皮膚が脱皮の迫った蛇の皮膚を思わせることがあった。彼にはほんとうの色があるのだろうか、銀色の皮膚が層をなしているだけではないだろうか、とわたしは思った。

4

「むろん、ルンドの事件の場合、絞首刑は行なわれなかった。だが、そうなっていたかもしれないのだ」

ＪＰの記憶によれば（ＪＰは実際に彼をちらっと見かけたことがあった）、ルンドはぱっとしない禿げた中年で、市役所の道路課につとめる熱烈な探偵小説ファンで、できるだけ人を避けようとする独身男だった。ところが、ルンドの上司のミラーは内気とはほど遠かった。役人として出世したいという野望があり、プレイボーイでギャンブラーだった。部下とつきあうことはほとんどなく、とりわけ男の部下とは無縁で、いちばんひっこみじあんなルンドなど鼻もひっかけなかった。

ルンドがミラーのコレクションから黒いベレッタを盗んだのは（それは生まれてはじめての犯罪だった）、ミラーの家で催された道路課恒例のクリスマスパーティの夜だった。招待客たちが和気藹々《あいあい》とやっているあいだに、ルンドひとりが屋内をさまよっていた。地下室の暗い片隅で、ルンドはミラーの銃をおさめたガラス扉の陳列棚にたどりついた。ベレッタはどきどきするような輝きを放っていた。

その光景がルンドを変身させた。きっぱりと断言するように、それはすべてを語っていた。ルンドは、ベレッタと数包の銃弾を格子縞のハンカチに包んでポケットにすべりこませた。いまや彼は盗人だった。そしてこれからもっと悪いことをしようとしているのだった。

「ルンドは人類の一員になったにすぎない」JPがいった。「こどものころ、おやじがよくいっていたものだ。まわりを見るのだ、息子よ。世界を見るのだ。何十万年にもわたる戦争、疫病、飢饉、殺人、公衆や個人による蛮行、不正、親殺し、集団殺人。それらすべての背後に、なんらかの大いなる計画があると信じなければ、人は皮肉屋になるしかないだろうと」

JPは微笑した。わたしはわずかに口を開いたクロコダイルを連想した。彼は一、二度まばたきした。

5

ベレッタを盗んでから二週間、ルンドはこれまでになく幸福だった。市役所の仕事と、異常なまでの探偵小説熱とは、平行して走る二本の道路のように、いままでまったく無関係だった。ところが奇跡的に、ふたつの道路が出会ったのである。ルンドはこれが、生涯かけて訓練してきた瞬間であることを悟った。職場の昼休みのあいだ、だれもじゃまするものがいないときに、彼はわなを準備した。まず最初に、ミラーの粗雑な文体とまちがいだらけのスペルをまねて、自分宛の手紙をタイプした。それから、ミラーの大仰な書体をまねて署名した。それらの手紙には、ギャンブルの借金の返済を迫るミラーの脅迫状がおさめられていた。

ルンドは、偽造した手紙の日付が数か月にわたるように気をつけた。最終的な殺人が衝動的な行為のように見えてはならないからだ。捜査の段階で発見されるように、彼はそれらの手紙をデスクの別々のひきだしにしまいこんだ。捜査が行なわれることはわかっていた。それから、支払いの延期をミラーに懇願する手紙をタイプした。オリジナルは破り捨てたが、カーボンコピーはファイリングキャビネットに大切に保管した。

つぎの段階は、職場の同僚に秘密を打ち明けるか、打ち明けるふりをすることだった。孤独な男の情熱として、長年にわたってギャンブルに熱中してきたことや、現在苦境に陥っていることを、ルンドはそれとなくにおわせた。その週の末には医師を訪れ、憂鬱の発作を抑える睡眠薬を所望した。医師に聞きだされたふりをして、彼は憂鬱の原因がギャンブルの借金であると告白した。それから弁護士を訪れて、だれかが脅迫されているときにはどうするのがいちばんいいかとたずねた。弁護士は、ルンドが自分のことをいっているのだろうと思った。

計画のこの段階をしめくくるために、ルンドは警察を訪れて、生命の危険にさらされている人間はどうやって身を護ればいいかとたずねた。いかにもおびえているようすだったので、応対した警察官は、彼が自分のことをいっているにちがいないと思った。

計画を実行すると決めた日、それは雪がぬかるむ一月のことだったが、ルンドは出勤しなかった。正午ごろ、彼はミラーに電話をかけた。それは決定的な瞬間だった。ルンドは、できるかぎりおどおどした声で、今夜八時きっかりに市役所のオフィスに来ていただけないかといった。それから声をひそめて、つぎの市議会選挙であなたの当選の可能性をつぶしかねない土地取引スキャンダルに関する情報を入手したとつけくわえた。

ルンドはミラーという人間をよく理解していた。ジャック・ミラーはまんまとひっかかった。八時に行くと彼はいった。どうしてルンドがわざわざ教えてくれたのかいぶかる気配もなかった。ミラーは人の親切を当然と思うタイプの人間で、自分が憎まれていると想像することもできないほどのうぬぼれ屋だった。

「ミラーには想像力というやつがほとんどなかった。ルンドにはありすぎた」とJPはいった。

JPはかたく脚を組み、記憶に追いつめられたかのように、ソファの肘掛にもたれかかった。優美な靴と靴下のうえに、銀色の毛のない脛が顔をのぞかせた。彼は一息おいて、ミラーでもルンドでもなく、想像力について話しはじめた。

6

何年も前（まだ新聞記者だったころ）、わしは軍人の鑑《かがみ》のような男と知り合いになった。戦争の英雄である彼は、謙虚だったので、冬の夜明けに塹壕でマスタードガスを吸いこんだときのようすを話すように説得するのはなかなかたいへんだった。彼はなにもかも憶えていた。無人地帯の灰色のぬかるみ。木々の切り株。ドブネズミ。痛む内臓、恐怖、おぞましい死骸。わしはこの男が語るのを聞き、老兵たちがそれを聞いてすすり泣くのを見た。

ある夜、仕事から帰る途中、とある町のパブに足を踏み入れると、例の男が片隅のテーブルにすわって、熱心な聴衆に囲まれているのに気づいた。わしは一杯のビールを注文して聴衆に加わった。あの悪夢のような戦場についてもう一度聞きたいと思っていたのだ。だがそのとき彼が話していたのは、塹壕での体験ではなかった。六百人の乗組員を乗せた〈ヴァウンティド号〉が、冬の夜に魚雷攻撃を受けたようすだった。彼は爆発を切り抜けた人間のひとりで、服を身につけるのもそこそこに、ふいの焦熱地獄から傾いた甲板に這いだした。船がじわじわと沈んでいくのがわかったので、凍りつくような海に飛びこんだ。わずかな仲間とともに、ようやく木の筏《いかだ》に這いあがり、そこで三日間すごしたが、そのあいだに仲間たちは、ひとりまたひとり、寒さと絶望のせいで死んでいった。

そこまで話したとき、男はわしがその場にいることに気づいた。彼は一瞬ことばをとぎらせ、それからまた話しつづけた。ようやく救出されたとき、生きていたのは彼ともうひとりだけで、すっかり衰弱していたので、二度と海にもどることはできなかった。彼らの戦争は終わったのだ。

わしはビールを飲みほしてパブを出た。あとになって、その男が心臓疾患のために除隊になったことを知った。だが、彼は想像上の経験をとてもじょうずに語ることができ、実際にその場にいた人間よりも説得力があった。

「彼は嘘つきだったが、軍人たちは彼を裏切らなかった」

ＪＰは口を閉じて、じっとわたしをみつめた。なにか反応してみせなければならないことがわかった。だからわたしは、顎と目のまわりの皮膚を緊張させて、微笑を浮かべてみせた。彼はわたしの努力に満足したらしく、ルンドの物語を話しはじめた。

7

オフィスで明かりがついているのは彼の机だけである。ドアはわずかに開いている。彼は背すじをのばしてすわり、黒いピストルを机のうえに置いて待っている。八時二分前、廊下のはずれで蝶番《ちょうつがい》がぎいっときしみ、ドアがばたんと閉まり、タイルの床を鳴らす革底靴の足音が聞こえてくる。彼は受話器をとりあげてダイヤルをまわし、押し殺した声でささやく。

「警察ですか？　わたしの名前はルンドです。銃をもった男がオフィスの外にいます。市役所です。いますぐ来てください」

彼は受話器をおろす。廊下の足音はドアの外でぴたっととまる。心臓は心配していたほどどきどきしていない。手も震えていない。自分に力があることはわかっている。この世で最後の望みは、いずれ死ぬことになる男の顔をひと目見ることだけである。

彼はハンカチでピストルをもちあげ、冷たい銃口を耳に押しあてる。ドアをノックする音が聞こえてくる。彼は最後に深々と息を吸いこむ。

「どうぞ！」

ドアが押し開かれる。

「どうしたんですか、ミスター・ルンド？　こんな遅い時間に……」

別人の声がして、別人が顔をのぞかせる。驚愕して戸口に立ちつくしているのは、管理人のトムソンである。

彼はふりかえって男をみつめる。ほんの一瞬。それから引き金を引きしぼる。

8

「もう話したかな？　わしのおやじは年をとるにつれて、秩序を示すものならなんでもパターンを指摘して、世界には意味があることをわしに示そうとしたことを？　おやじはわしが皮肉屋になるのではないかと心配していた。わしにはおやじの心配が理解できなかった。秩序の探求など必要としない人間がいるのだ。どちらを向いても、彼らは秩序に圧倒されてしまう。一瞬一瞬が計画され、あらゆる行動が見越されている場所では、彼らはまるで投獄されているように感じる。彼らはささやかな混沌の断片に飢えている。不調和なものに飢えている。だが、結局はなにもかも調和してしまうのがつねなのだ」

ＪＰの口調は陽気だったが、そこにはかすかな自己憐愍《れんびん》の響きがあった。それは銀色の声をかすかにきしませた。油をさす必要がありそうだ。ひと息おいて、彼はルンドの物語をつづけた。

「ポスト紙に派遣されて、わしは夜の九時ごろ市役所に向かった。その夜は大雪だった。市役所は蜂の巣をつついたような大騒ぎだった。警察の許可を得て、正確な記事を書くために、わしは現場を見に行った。ルンドの死体は反動で壁までふっとばされていた。拳銃は死体のそばにころがり、ハンカチもあった。壁にも床にも血が飛び散っていた。胸がむかついて、わしはすぐにとびだしてしまった。なにしろ若かったからな」JPにも若いころがあったとは、わたしにはとても信じられなかった。

あとでわかったことだが、ふたりの警官がルンドの緊急電話に答えて、八時直後に市役所に到着した。ジャック・ミラーも同時に到着した。三人とも、パーティに遅れてやってきた招待客のようだった。銃声を耳にして、彼らはルンドのオフィスに急行した。管理人のトムソンが戸口に立ちつくしていた。

彼こそルンドが電話で話していた殺人犯だと思いこんで、警官はただちにトムソンを逮捕した。トムソンは、自分は殺人犯ではないといった。いつもの夕方の巡回をしていただけで、ルンドのオフィスの明かりに気づいたのだと。ドアを開けると、哀れな男が銃を頭にあてており、目の前で自殺したのだと。

ミラーのほうは、ルンドに電話で呼びだされたのだといった。もう少し早く到着するつもりだったが、葉巻を買うために道路を横断して煙草屋に立ち寄ったのだと。

トムソンは、翌朝、釈放された。そのときまでに、ルンドのオフィスで借金に関する手紙が発見されており、それに数人が、例の謎めいた手紙を受けとっていた。なにもかもひどく奇妙だった。警察はもう一度ミラーを尋問した。部下としてのルンドしか知らないとミラーは主張した。金を貸したこともなければ、その件で彼に手紙を書いたことも、受けとったこともないと。彼の指紋だらけのベレッタについては、どうしてルンドがそれをもっていたのか想像もつかないといった。警察は困惑した。ミラー本人の弁護士は、あの夜彼が少しでも早く市役所に着いていたら、これほど多数の有罪証拠がそろっている以上、絞首刑はまぬがれなかっただろうといった。

警察に関するかぎり、一件は落着した。ルンドは死に、自殺であることは明白だった。おそらくルンドは、ミラーを殺して正当防衛を主張するつもりだったのだろうと、検視官は推測した。ミラーではなく、トムソンが戸口に立っているのを見たとき、ルンドは計画が失敗したことを悟った。ベレッタ窃盗、手紙、警察への最後の電話、もはやひきかえすことはできなかった。彼はおのれの行為の結果を直視することができず、みずから命を絶ったのだ。

9

「だが、そもそもルンドは、どうしてミラーを殺したかったのだろう？　わしはそのことに興味をひかれた。ルンドは人殺しにはなれそうもない男だった。その点についいて、ミラーと一、二度話をしたが、彼にもわからなかった。その週の終わりには、ミラーはルンドのことなどきれいさっぱり忘れていた。選挙に当選できるかどうかで頭がいっぱいだったのだ」

ルンドの下宿のおかみは初老の未亡人だったが、彼女との会話で謎はあっさり解けた。ルンドはミラーを憎んでいたのだ。ルンドは彼女に、上司の女癖の悪さについてこぼしていた。とりわけ、市役所の新しい秘書として配属された若い女性をミラーが誘惑したときには、口をきわめてののしった。ルンドはその女性をひそかに崇拝していた。だから数週間後に、例によってミラーが彼女を捨てたとき、とうとう堪忍袋の緒が切れてしまった。正義が行なわれるのを見るためなら、喜んで死ぬつもりですと、ルンドは下宿のおかみにときおり洩らしていた。

ＪＰはソファのうえで姿勢を変えた。話しているあいだも、無意識の虚栄のしぐさで、ときおり銀色の髪をなでつけていた。彼自身も、かつてはプレイボーイだったのではないだろうか。

「ルンドが自殺したわけについて、検視官は半分しかわかっていなかったと思う」とＪＰはいった。

自分がロマンチックな不適応人間にすぎないことが知れわたるのを、ルンドはなによりもおそれたのだ、というのがＪＰの意見だった。

「復讐という行為には、大いなる愛情がこめられている」ＪＰはいった。「たとえ彼の好意に気づいていたとしても、おそらく彼を嫌っていたであろう女性のために、ルンドはそこまでやってのけたのだ。そして最後の瞬間に、おのれの行為のむなしさに気づいて、彼は死を選んだのだ」

10

かすかなシェービングローションのかおりのかなたからわたしをみつめながら、ＪＰはじっと動かなかった。そのときふいに、わたしがなにかしゃべるのを待っているのだということに気づいた。そこで、彼が語りだしてからはじめて、わたしは口を開いた。

「でも、トムソンがドアを押し開けたとき、ルンドはすでにピストルを頭に押しあてていたんでしょう？　自分自身を撃ったあとで、どうやってミラーを撃つつもりだったんでしょうか？」

正しい質問をしたわたしを祝福するように、ＪＰは病んだ蜥蜴を思わせる微笑を浮かべた。正しい答えについては、彼にも推測しかできなかった。ルンドは良心があり、とても道徳的で、人を殺すことなど不可能だった。蠅も殺せないでしょうと、下宿のおかみはJPにくりかえしいったのである。

「だが、国家がミラーを殺してくれるなら話は別だった」

ルンドの計画は、殺人と自殺を逆転させることだったにちがいない。はじめから、彼はミラーのベレッタで自殺するつもりだったのである。警察がその直後に到着して、現場にいるミラーをつかまえるように計画したのだ。ミラーの弁護士は正しかった。あれだけ不利な証拠がそろっていれば、ミラーは確実に死刑になっていただろう。人間が、他人を死刑に追いやる手段として自殺するほど愚かになれるなんて、どんな判事にも想像つかないだろう。

それにルンドは、どっちみち、企てた自己殺害を自殺とはみなしていなかった。そんなまねをするには、あまりにも道徳的だった。

「ルンドは、ミラーを間接的に殺害したかどで、前もって自分を処刑したにすぎないと信じていたんだ。自分の計画が完全無欠で、ミラーは絞首刑になると確信していた。ところが、ドアを開けたのが管理人のトムソンだったので、彼の死は自殺になってしまったのだ」

JPの口が少し大きく開いて、はじめて銀色の歯が見えた。彼はことばをつづけた。

「一か月後、ミラーは選挙に当選したよ」

11

蜥蜴は甲高く笑い、それから静かになって、ひどくまじめな口調でしゃべりはじめた。

「ルンドは女性を過大視する男のひとりだった。わしも、かつては同じ弱点をかかえていたものだ。ずいぶん昔の話だが」

いまでは、JPがわたしを信頼していることがわかった。ルンドの物語でわたしをテストしてから、いよいよもっと個人的なことを話そうとしているのだ。

思春期のころ、JPは電話帳を調べて、女性の名前にかたっぱしから電話をかけたものだった。生身《なまみ》の女性を追いかけるのにエネルギーの大半を費やしていた二十代には、それが最新流行だったのだ。当時彼は、いくつも顔をもっていたが、それは偽善からではなく、自分がどんな人間になりたいかまだわからないからだった。

わたしは彼の話にじっと耳を傾けた。ひょっとすると、彼の回想のどこかに、わたしにとって奇妙に重要なことがふくまれているような気がしていたのかもしれない。

12

人生のその時期（二十代後半）に、ＪＰはたまたま自分で構築した理論にしたがって生きはじめた。真にバランスのとれた人生は、比較的安定した瞬間と釣合いを保つために、突然の変化や偏向を避けることができないという理論である。人生があまりにも愉快になったら、賢明な男は、積極的に苦痛の配分を求めようとするだろう。人生があまりにも安全になったら、わざと危険に身をさらすだろう。

それゆえ、ＪＰは、ときおり車を猛スピードで走らせたり、しばしば階段でつまずくような人間には険しすぎる崖をよじのぼったり、ボートで早瀬を乗り切ったり（泳げないことはだれにも話さなかった）したあげく、やがて戦争特派員になった。そして、必要もないのに敵の銃弾に身をさらした。

女性についてだが。あるとき彼は、いままで出会ったどんな女性とも異なる女性に求婚した。どこか危険なにおいがして、夜を愛する女性だった。

ＪＰは唇を舐めた。いよいよ本題に入ったのだ。

戦争が終わり、ヨーロッパでの仕事も終わった。彼は都会の新聞社でデスクワークについていた。そのとき、ふとしたことから、友人のひとりが、なかなか美しい女性が夜勤のタイピストに採用されたと教えてくれた。好奇心旺盛なＪＰは、その夜さっそく原稿をタイピスト室に持参した。彼は彼女を見た。ほんとうに美人だった。彼はたちまち恋に落ちて、彼女を自分のものにしようと決心した。

それが奇妙な情事のはじまりだった。彼女は情熱と熱意をこめて応じることもあれば、ばかにしたようにふるまうこともあった。彼は心から彼女を信頼することはできなかったが、どうしても彼女がほしかった。だから、そんなまねをするのははじめてだったが、結婚してくれといったのである。

ＪＰはまたぎくしゃくと立ちあがり、ふたつのゴブレットにワインを注いだ。それをわたしにさしだしながら、彼はさりげなくいった。

「彼女はきみと同じ国の人間だよ。たしか島だったな。名前はレイチェル・マッケンジーだ」

《自己喪失者研究所》のときとちがって、わたしは内心をさらけださなかった。顔色ひとつ変えなかった。マッケンジーなんて名前はありふれているし、レイチェルという名前だってありふれている。わたしはなにもいわなかった。つづけてくれともいわなかった。彼が話をつづけることはわかっていた。わたしがなにかいうのを期待していたとすれば、ＪＰはきっとがっかりしたことだろう。彼は銀色の唇でゆっくりとワインを飲み、それからゴブレットをテーブルにもどして、最後に彼女と会ったときのことを話しはじめた。それは八月の暖かな夜のことで……。

13

……八月の暖かな夜に、彼女はレイチェル・マッケンジーを殺そうと決心した。もう耐えられなかった。ここ数年間、ふたりはそれなりにうまくつきあってきた。実際、ときにはレイチェルを愛していると思えることもあるほどだった。

だが、破局は避けられなかった。レイチェルがその男と出会い、数週間後につきあうことに決めたとき、希望は消えたも同然だった。たとえ遊びであっても、ふたりの生活にもうひとりの男を連れこむのがどれほど愚かなことか、レイチェルにわからせることはできないだろう。その考えには我慢がならなかった。いつものように、レイチェルは涙を流して彼女をなだめようとした。だが、今度ばかりは、いくら懇願してもむだだった。もはやこれまで、忍耐は限界に達していた。

アパートに来るたびに、男はいかにも居心地が悪そうだった。それでも、レイチェルにすっかり夢中になっていたので、彼女がどれほどばつの悪い思いをさせても、男はくりかえしやってくるのだった。

彼女は自分が美しいことを知っていた。自分なりに、レイチェルと同じくらい美しいことを知っていた。だが、いくら無理して男たちに微笑みかけても、目つきをカモフラージュしようとつとめても、彼女は男に好かれるタイプではなかった。

男ができるといつもそうだが、レイチェルは彼女の存在にいらだった。

「わたしのことはほっといて。どうしていつもわたしを監視しているの？」

「あら、そうかしら？」

レイチェルは目に涙を浮かべて懇願することもあった。「どうかわけを聞かせて。せめて口ぐらいきいて。わたしにはうまく話せないの」

「あら、そう？」彼女はいつも同じことばを返した。

そしてレイチェルの嗚咽《おえつ》が聞こえてくるのだ。


その夜、屋内は日差しのせいで一日中かび臭く、屋外の空は雷鳴の気配がみなぎっていた。レイチェルと男は、祝いごとがあるとかで外に食事に出かけた。彼女を残して外出し、ふたりっきりになるためのいいわけにすぎない。ふたりが帰宅したとき、丈の短い緑のドレスを着たレイチェルは、目が覚めるほど美しかったが、思いどおりにしようと決心したときの、いつもの作り笑いを浮かべていた。

しかし彼女自身もみつめかえした。考えていることはおくびにも出さなかった。レイチェル、おまえなんか大嫌いよ、手のとどかないところに行っておしまい。

レイチェルが男の手をとるのを、彼女は嫌悪の目つきでみつめた。ふたりとも彼女には目もくれず、レイチェルは男を寝室に連れていった。服を着たままだというのに、レイチェルは男をベッドに押し倒し、唇を重ねて、舌を男の口にすべりこませ、全身をなでさすった。それから、男のシャツのボタンをはずし、体のしたから引き抜いて、床に落とした。そして、男の首すじや白い肩にキスの雨を降らせ、汗にまみれた白い胸に広がった赤い髪を押しつけた。

彼女がいつものようにじっと立ってみつめているのに、ふたりはまったく無視した。彼女はレイチェルのそうしたふるまいを何度も目撃してきたので、これからどうするか、すっかりわかっていた。レイチェルは男の胸に舌を走らせて、小さな乳首を吸う。男のベルトをはずすと、男の呼吸がどんどん荒くなる。レイチェルはひざまずいて、ズボンとパンツを足首までゆるゆると引きさげる。それから、待ちこがれるようにレイチェルをみつめる男をみつめかえしながら、ゆっくりと男のそばに横たわり、なでさすって口にくわえると、男は思わず興奮のうめき声を洩らすのだ。

彼はもはや抑制がきかなくなって、こっちへおいでと懇願すると、レイチェルは立ちあがって、彼の賛美の視線を楽しむように、わざとゆっくり服を脱ぎはじめた。

それからレイチェルは、まだみつめている彼女に向きなおった。「それなら、さっさとすれば?」レイチェルはあざけるようにたずねた。「したいの?」いつもの手順だ。

レイチェルは彼女のことを知りつくしていた。口ではなんといおうと、すっかり発情しきって、男をほしがっていることを知っていた。

そこで彼女自身がベッドに横たわり、男を迎えるために体を開いた。男はそれを見て一瞬たじろいだが、汗にまみれたぬるぬるの体でのしかかり、ぎゅっと目を閉じて数分間腰を動かしてから、身震いとともに、彼女のなかに発射した。男の汗のにおいを嗅ぎながら、彼女は男の体のしたで身をくねらせ、レイチェルにはなにも残してやるものかと、最後の一滴までしぼりとった。

まさにその瞬間、夜が明ける前にこの売女《ばいた》を殺してやろうと彼女は決心した。

しばらくして、男はいささか恥ずかしそうに体を起こし、急いで服を身につけた。明日また電話するといいながら、レイチェルにさよならのキスをして、男は去った。

彼女自身もバスルームに行って、男の汗と精液をこすり落とした。レイチェルがみつめているのを意識しながら、鏡をのぞきこみ、ゆったりと両腕をのばした。髪の毛をかきあげると、瞳がとても青いことに気づいた。今夜はいつもよりずっと青いわ。

それから右手のひきだしを開けた。突きだしているナイフの刃先が見えた。いままではレイチェルがじっと見ていたが、彼女は動作をごまかそうともしなかった。刃先にそっと触れて、刃に指を走らせ、こんな夜のためにずっと前からひきだしにしまっておいたパン切りナイフの柄をつかんだ。心臓がどきどきしているのがわかった。

彼女はナイフをとりだして、まっすぐレイチェルをみつめた。その目はまったくたじろがなかった。恐怖を予想していたというのに。どうして懇願しないの？　どうしてナイフをかかげた手や、長い指や、深紅の爪や、中指の金の指輪をみつめているの？

それからレイチェルは彼女をあざけりはじめた。さあ、やれるものなら、さっさとやってごらん。

ついに我慢がならなくなって、怒り心頭に発した彼女は、侮蔑の叫び声とともに、白い首すじにナイフを突きたて、やわらかな頸動脈を切り裂いた。

彼女自身がひんやりとした白タイルの床に横たわったとき、喉と口からぶくぶくと血があふれて、全存在が安堵感に満たされた。ナイフが突きたてられたとき、レイチェルの恐怖の叫び声が聞こえた。倒れたとき、首に刺さったパン切りナイフと噴きだす血がちらっと見えた。長い長い年月ではじめて、彼女自身の世界がひとつになって光に満たされた。ああ、とうとう自分自身をとりもどし、孤独と平和にひたることができるのだ。

14

つぎの晩、JPは彼女のアパートを訪れた。いくらかけても電話に出ないので、いささか心配していた。ひとり暮らしは危険だといっても、彼女は笑ってとりあおうとしなかったのだ。

彼は予備の鍵でアパートのドアを開けた。

レイチェルの死体は血の石筍《せきじゅん》で白タイルのバスルームの床に張りつけられ、鏡とカウンターにも血が飛び散っていた。ナイフを握りしめており、自殺であることはまちがいなかった。彼は警察に電話する前に室内を調べてまわった。香水のかおる机のひきだしに、丸い図形の描かれた紙の束が入っていた。ちらっと見たときは、震える手で描いた狂人の目かと思った。さもなければ、渦巻かコイル状の縄かもしれない。だが、そのうちに、螺旋状に書かれた文章であることがわかった。いくつかは、ページの中央からはじまって、同心円状にへりまでつづいていた。反対に、いくつかはへりからはじまって、しだいに小さくなり、中央へとつづいていた。時計まわりのものもあれば、反時計まわりのものもあったが、へりからであれ、中央からであれ、すべての紙に同じ文章が書かれていた。「われわれはひとりでしんでいくわれわれはひとりでしんでいくわれわれはひとりで……」

15

あとになって、警察は彼女のノートを発見した。それらにも例の渦巻がぎっしりと書きこまれていた。例外は一ページだけで、そこにはつぎのように書かれていた。何年も前から、私は妊娠するために男とセックスしてきた。胎児を堕ろすたびに、それをホルマリンの瓶に保存してきたと。むろん、そのような瓶はみつからなかった。

ＪＰも警察も、それは哀れな狂える女性の妄想にすぎないと考えた。ときおり遠くを見るような目つきになる瞬間をのぞいて（ＪＰはそれがもっとも親密な瞬間であることを認めた）、彼女は寡黙な、美しい女性であった。そもそも彼女を追いかけたのは、どこか危険なにおいがしたからだということまで、警察にいう必要は感じなかった。

わたしがじっとみつめて耳を傾けていると、ＪＰはソファのうえで背すじをのばし、銀色の手を口にあてて、蛇のようなあくびをした。

「驚いたことに、彼女の死にもあまり悲しみを覚えなかった。ルンドの場合と同じように、それは生を絶つというよりも、ほどけた紐を結ぶ作業のような気がしたのだ」

JPは、しばらくこの調子で話しつづけた。ひどく老いているように見えた。くたびれてきたのだろう。彼のエネルギーが弱まるにつれて、シェービングローションのかおり（さわやかな銀色のかおり）が強まった。質問をするには絶好の機会だ。

「彼女のお腹に傷跡はありませんでしたか？」

JPは好奇の目でわたしをみつめた。だが、期待どおり、思い出話でくたびれていたので、質問の理由をたずねようとはしなかった。

「気づかなかったな」

もうひとつたずねる必要があった。

「ドクター・ヤーデリ、それとも、《自己喪失者研究所》という名前を聞いたことはありませんか？」

わたしはじっと観察していた。だが、彼も警戒していたのかもしれない。少なくとも、爬虫類を思わせる顔にはなんの変化も見られなかった。

「いや」

それで満足するしかなかった。彼はしつこい質問に寛容な人物ではなかった。だからレイチェル・マッケンジーの死についてわたしに話して聞かせたのは、わたしからなんらかの反応を引きだすためでも、のっぴきならないはめに追いやるためでもないと思うことにした。彼のように自己中心的な人間がそんなまねをするとは思えなかったし、いまではひどく疲れているので、関心もないようだった。もっとも、わたしが女性だったら、疲労の色を見せるようなまねはしないだろう。それどころか、わたしになんらかの興味を示し、私生活についてあれこれたずねることだろう。

辞去したとき、ＪＰは優美な長い脚を組んで、ソファにゆったりともたれていた。やせた首と顎の一部が、絹のとっくりセーターの襟にすっぽり包まれていた。その姿勢では、卵形の頭の毛が薄くなっているのを隠すことができなかった。ぶざまな蛇に飲みこまれようとしている汚れた銀の卵のようだった。

16

都市めざして車を走らせながら、わたしはひとりきりになれてうれしかった。これだけ多くの人間がいる世界で、パタゴニアのマッケンジーの四人のうちのひとりにめぐりあったのは偶然だろうかと、考える時間はたっぷりあった。偶然にしてはできすぎで、まったく予想外だった。レイチェルについてしゃべったとき、ＪＰの銀色の目にいたずらっぽいきらめきはなかったし、彼とドクター・ヤーデリが共謀しているという気配もなかったが、あまりに多くの偶然にでくわしたり、予期せぬ偶然にでくわしたり、予期する権利のない偶然にでくわしたときは、なんらかの冗談か、あるいは冗談の仕掛人をさがすほうが自然だろう。しまいにわたしは結論をくだした。もし、このレイチェル・マッケンジーがあのパタゴニアのマッケンジーのひとりだとすれば、わたしは不可解な偶然の働きによって彼女をみつけだしたことになる。心から喜ぶべきかどうかは、よくわからなかった。

17

その夜、マンションの近くの小さなレストランで、ヘレンと食後のブランデーを飲みながら、その日の出来事をたずね、自分のことも報告した。それまではなにも話さずに、車で家路についたときからずっと細部を心のなかで組み立てていたのである。しばらくブランデーのかおりを楽しんでから、わたしはJPとジェラルド・ルンドの犯罪の試みについて物語った。JPとレイチェル・マッケンジーという名前（それを聞いてヘレンがびっくりしたので、わたしは満足した）の女性との情事と、その妄想と死についても話した。ブランデーのせいか、しゃべりすぎのせいで、いささか詩的になっていた。

「ＪＰはこれをみんな、あの田舎の別荘で話してくれたんだ。幅の広い正面の窓からは、なだらかな丘と、緑の平原と、青空が見えた。ときおり黒い馬車がやかましく通りすぎていくんだ。それらの馬車とＪＰの追憶とのあいだには、ある種の対称性があって、ぼくは思わず震えてしまった」

　まさに期待どおり、好奇心と、驚きと、悲しみもあらわに、ヘレンはわたしの話にいちいち反応した。わたしとまったく同じように、これらの状態をすべて味わった。

わたしはＪＰがほかにもなにかいっていたことを思い出した。実際には質問だった。レイチェル・マッケンジーを恋したことによって、自分は彼女の死の責任の一端を負わなければならないのだろうか？　愛は人の心に侵入するものだろうか？　彼らは自分をさらけだしすぎて、欠陥と弱点だらけのような気がして、もはや生きることができなくなるのだろうか？

　なんと答えればいいのかわからなかったと、わたしはヘレンにいった。彼女はわたしをみつめて腕をつかんだ。

「エズラ、ある意味では、彼のいうとおりだと思うわ。でも、それはしかたのないことよ。愛すれば愛するほど、人は相手の心に侵入するわ。汗をかき、とっくみあい、わめきたて、もぐりこんで、とことん知りつくそうとするわ。プライバシーなんか認めないわ。どこまでも追いかけるわ。だから、彼のいうとおりよ。でも、恋人たちが相手の心に侵入しなければ、愛は死ぬわ」

わたしは笑って、きみの理論をテストしてみたいねといった。少なくとも、汗をかいたり、とっくみあったり、わめきたてたり、もぐりこんだりする部分だけでも、賛成かどうかたしかめるために。そこでわれわれはレストランを出て、家のベッドに直行し、さっそくテストにとりかかった。しばらくして、眠りこむ前に、わたしはそれがすぐれた理論であることを認めた。

18

その週の後半、わたしはドナルド・クロマティに手紙を書いた。そのなかで、レイチェルという名前のもうひとりのマッケンジーにでくわしたことを報告し、詳細を説明した。書いているうちに、彼の協力をあおいだことをまだヘレンに話していないのに気づいた。黙っていたのは、彼女が賛成しないことが本能的にわかっていたからだと思う。彼にそこまで秘密を打ち明けていなかったなら、最後に、パラダイス・モーテルで彼と対面せずにすんだだろうが。

　わたしはなにもかも打ち明けた。このレイチェルが、以前報告したエイモス・マッケンジーとくらべて、パタゴニアのマッケンジーのひとりである可能性が高いかどうかもわからないと、はっきり認めた。それから、祖父ダニエル・スティーヴンソンの物語の調査になんらかの進展が見られたかどうかとたずねた。戦争による公文書保管所の破壊や、多くの島の過疎化や、その地域のニュースがいいかげんで、ほとんど虚偽に等しいことなど、障害が多いことはよくわかっているとも書いた。

　わたしは彼を激励し、ほめちぎり、感謝した。今度の旅からもどったら、わかったことを教えてほしいとたのんだ。すでにわたしは、南に出かける準備をしていたのである。

第四部　エスター

エスター・マッケンジーは、妹のレイチェルと同時に、国境地近くの《セント・フィオナズ・ホーム》に送られた。十三歳のときには、自分の裸体を一度も見たことのない、がっしりとした体格の黒い髪の娘になっていた。最初の血が下着を汚した日、彼女はすべての少女の悲しみを肌身に感じ、(聖職更生教会の尼僧たちには内緒だったが)神を信じるのをやめた。

彼女はものまねの名人だったが、その才能をだれにも見せなかった。孤児院の近くの草原にある小さな窪地に行って、人々の決まりきったしぐさをまねるために体をねじ曲げるのだった。とりわけ、佝僂病《くるびょう》をわずらう小柄なフランス人尼僧で、規律係のシスター・マリー・ジェロームのまねが得意だった。だが、ある日、窪地の底で小さな泥人形をみつけてからは、そこに行くのをぴたっとやめてしまった。脚が曲がって黒い尼僧服を着せられたその人形には、鋭い枝が刺さっていたのだ。それからは、ものまねをやめて、話しことばが書きことばと同じくらい平板になるように、自分の声からあらゆる感情をとりのぞく訓練に熱中した。

　ほかの孤児たちは、エスターの不器量な容姿のため、こぞって友人になりたがったが、彼女が心を開いていたら、いっそう好きになっていただろう。だが、彼女は孤児院の農場の動物たちとつきあうほうが好きだった。彼らはなにも質問しないからだ。

　ようやく孤児院を出たときには、寒い国境地で死ぬという考えがつくづくいやになっていた。数か月間ウエートレスとして働いてから、戦争の最後の年に〈赤十字〉で一年間すごした。しばしば手術に立ちあい、銃弾やメスに耐える人体の潜在力に驚嘆した。性体験はほとんどなく、性欲もあまりなかったが、きわめて鮮明な性夢を見た。大柄な体格と単調な声が彼女の心を偽装した。ある朝、彼女は病院に現われなかった。熱帯めざして、南西行きの船の乗客になっていたのだ。孤児院を出て以来、兄弟姉妹には一度しか会わなかった。

『ノート』　A・マクゴウ

I

ヘレンが、義務感から、家族を訪ねるために二か月間の北方旅行に出かけなければならなくなったので、わたしはひまをもてあまし、ぶらっと南に出かけた。そのアイデアは、友人に吹きこまれたものだった。数年前、ある事件を捜査していたときに(彼は警官だった)、その地域を旅行して、わたしならおもしろい体験をするだろうと思ったのだ。

そういうわけで、一週間後、わたしは南の熱帯にやってきた。その地方の大都市から南へ百マイルほどのところにある、ジャングルと海が出会う村、クステカルのホテルに宿をとった。その村はというと、それはさびれるいっぽうだった。ついこの前まで、そこは町だった。その前は都市だった。だが、そこに住む人々は、だれもそんなことを気にしていないようだった。もしかすると彼らは、この国に定住しながら、なにひとつ存続するものを建てなかった古代の人々の精神を共有しているのかもしれない。彼らの最大の建造物は、建造者の寿命と同じ期間しかもたないようにつくられたという。その期間がすぎると、建造者も建造物も埋葬されて、そのうえに新たな建物がつくられるのである。

クステカルの雑草におおわれた街路や廃墟の原形を読みとるには、暗号解読者並みの技術が必要だろう。まだ人が住んでいる地域でも、ドブネズミやブタの群れが人間と生存競争をくりひろげていた。しつこく住みつづけているわずか数百人の住民は、正当な所有権を主張する自然の執行吏ともいうべきジャングルの力を、毎日まのあたりにしていた。

わたしが投宿したプラザカル・ホテルは、クステカルの栄光の日々の名残《なごり》だった。それは荒廃した宮殿であり、衰微のにおいがして、広大なガラス屋根のパティオは修理を必要としていた。ホテルの所有者たちは、はるか遠くの、その地方の首都に住んでいたが、ホテルを閉鎖しようとはしなかった。クステカルは不思議な力によって衰退したのだから、いつの日か不思議な力によって復活し、以前の栄光をとりもどすかもしれないと考えているのだろう。

プラザカルの最大の呼び物は、フロント係によればポータブル・ビーチバーだった。それは三十フィートもあるマホガニーのカウンターで、毎日、ホテルのプライベートビーチに運ばれるのだった。バーは浜辺の中央にすえられた。ふつうの高さだったら日光浴客の眺望を妨げただろうが、それは一フィートか二フィートの高さしかなく、細長い棺桶よろしく砂のうえに横たわっていた。バーテンダーも、そしてウエイターも、身長が三フィートほどしかなかった。

このウエイターのジルベルトは、親しくなると、自分の家族は何世代にもわたって、プラザカルに小人のウエイターを提供してきたと話してくれた。彼自身も、伝統をつづけるために、クステカルでいちばん背の低い女性と結婚した。だが、彼女は身長が四フィートあって、不運なことに、息子は母親に似てしまった。ときおり、息子を連れたジルベルトに路上で出会うことがあったが、七歳になる息子はすでに父親より背が高かった。少年の右目のまわりには、真っ黒な正三角形のあざがあった。

雨でさえなければ、ディナーは毎夜ホテルのパティオで供された。地元の男がふたり、くたびれたギターを手にして、哀しげなバラードで客をもてなした。テナーはひどく醜い男で、いぼだらけの長い鼻をしていたが、声は天使のようだった。彼はいつも照明からずっと離れたところに立っていた。ジルベルトの話では、以前、神経質な客が、食事中にあんな鼻を見せつけられるのはごめんだといったのだそうだ。正直なところ、彼の鼻にはたしかに食欲減退効果があった。

2

クステカルに滞在しているあいだ、わたしは規則正しい生活を送った。昼の大部分は、地元のラム酒をちびちびやりながら本を読んですごした。それから午後四時ごろ、太陽をものともせず、浜辺まで長い散歩に出かけていった。ときには遠くまで行きすぎて、夕闇が背後に忍び寄り、生い茂るジャングルに海へと押しやられることもあった。そんなときはあわててきびすを返し、わが聖域であるクステカルの遠い明かりめざして、早足でもどるのである。

それがいつもの習慣だった。だが、季節はずれの嵐が一晩中荒れ狂った翌朝、わたしは早朝の散歩に出かけた。海岸には、ビール瓶や、ちぎれた椰子の葉や、洗剤の容器や、腐敗した魚や、海藻におおわれたスタイロフォームのかけらなどが散乱していた。

村はずれの最後の小屋の前を通りかかったとき、浜辺をこちらに向かって歩いてくる男に気づいた。海岸の漂着物に魅せられたかのように、頭を垂れて、左右に蛇行しながら近づいてくる。だが、近づくにつれて、男が酔っており、原住民ではなく、わたしに気づいていることがわかった。

できれば避けたかったが、ジャングルか海のほかに行き場はなかった。そこで、できるだけ無表情を装って、男に目を向けないようにつとめた。だが男は意に介さず、すぐそばまで来ると、漁師のスペイン語で「ブエナ・ディア！」と挨拶してきた。わたしとしても無視するわけにはいかなかった。

男はおそらく六十がらみで、針金のように細い体と密生した灰色の髪をしていた。古傷と老齢のしわが目のまわりを迷路のようにとりかこんでいた。左手に握った飲みかけのラム酒の瓶が足どりをなめらかにしていた。

男は体をふらふらさせながら行く手をさえぎったが、その青い瞳はわたしの瞳よりも冷静だった。お近づきのしるしとでもいうように、男はラム酒の瓶をさしだした。わたしはできるだけ丁寧に断った。ラム酒のせいか、男はろれつがあやしかった。だが、いかにも陽気で害がなさそうだったので、数分後には、わたしは進んで話しかけたり、男の話に耳を傾けたりしていた。

3

それが、パブロ・リノウスキーとの最初の出会いである。はっきりいって、これほど偶発的な出会いはほかにないだろう。わたしは気まぐれに南へ旅したのである。このクステカルという村に来たのもまったくの偶然で、旅行ガイドからでたらめに選んだのだ。彼に出会ったのも季節はずれの嵐のせいで、滞在中ただ一度、その朝だけ、夕方のかわりに朝早く散歩に出かけたからであった。

彼の名前は、ほんとうはポールといったが、村人はパブロ、またはパブリトと呼んでいた。村人は彼を酔いどれグリンゴ扱いしておもしろがったが、彼は気にしていないようだった。わたしは彼がほんとうに酔っ払っているところを見たことがない。口調はろれつがまわらなかったが、最初に思ったようなラム酒のせいばかりではなかった。主な原因はボクシングだった。彼は二十年間プロボクサーだったのである。ネアンデルタール人のように盛りあがったひたいの傷に加えて、左耳のあるべき場所にはピンク色のカリフラワーが生えていた。だが、ひとたび口を開くと、廃墟と化した豪邸のドアが開かれて、優美な家具や珍奇な絵画が出現するのだった。なぜなら、パブロ・リノウスキーは知的なボクサーだったからである。せんさく好きで控え目な物腰のせいで、彼はまるで学者のようだった。鼻中隔の曲がった学者である。しゃべりながら、彼はしばしばその鼻を親指でこすった。

最初の出会いののち、何度か午後をすごしたパブロの浜辺の掘っ立て小屋は、書籍にあふれ、どれもがよく読みこまれていた。その多くは、いまではアリやサソリやタランチュラの棲家《すみか》と化していた。それでも、書物に対する感謝の念から、腐るか食べられるかするまで、パブロはそれらを捨てずにとっておいた。

パブロは自分の過去についていろいろ話してくれたが、けっしてロマンチックな口調ではなく、（ハードパンチよりもジャブのほうが得意だった）ボクサー時代を自慢することもなかった。そんなに変わった人生を送ってきたわけではないと彼はいった。かつては厳格な農場主の両親がいた。家出しようと決心した。路上で生活した。ボクシングの才能があり、それで食べていけるとわかった。徒弟時代を送り、その時期にたびたびパンチを浴びて、自分になにができ、なにができないかを学んだ。存在すら知らなかった世界に足を踏み入れた。そこの住民は淋病を鼻かぜ程度にしか思わず、裏小路でのつまらないけんかをナイフで解決するような連中だった。

パブロはボクシング生活についても話してくれた。ローブを脱ぐ儀式、オイルとマッサージの使用法、リング上でのクリンチやフォールディング、打撲傷、爆発的解放、失神による、ときには死による、クライマックス。

知りあった女性についても話してくれたが、その多くはすれっからしの売春婦だった。だが、ひとりかふたりは気立てのよい女性もいた。彼は結婚した女性の色褪せた写真を見せてくれた。顔立ちは判別できなかった。結婚してまもなく死んでしまったと、彼は悲しげにいった。

巡業のあいだも、彼は本を読みふけった。試合直前、本来なら目前の戦いに精神を集中すべきときに、塗布剤のにおいのたちこめる控室に横たわって本を読んでいるとはなにごとだと、トレーナーがなじることもあった。しかしパブロは、読書とボクシングがたがいに補いあっているような気がしていた。存在と本質との関係を確証するのに、鼻にくらう左ストレートの痛みほど効果的なものはないと、彼は断言した。

年をとるにつれて、脚が思うように動かなくなり、なんでもない試合を落とすようになった。そこで彼は、ここに移り住んで余生を送ろうと決心した。快適に暮らしていけるだけの貯《たくわ》えはあったし、けっして楽園ではないが、プロボクサーだったころよりはずっと気分がよかった。彼は浜辺の小屋を買って腰をおちつけた。経験をもとに本を書いてやろうという野心もあった。だが、それはいまだに成功していなかった。

青い瞳でわたしをひたとみつめながら、彼はたずねた。頭のなかのことばが数えきれないパンチによって残らず粉砕されてしまったために、自分の人生をぴったり表現することができなくなったなどということがありうるだろうか？　それとも（彼はすがるような目でわたしをみつめた）、そもそもことばというものは、ぴったり表現できないものなのだろうか？　だが、もしそうだとすれば、他人のことばをどうやって理解すればいいのだろうか？

スペイン語を学ぼうとしたこともあった。必要なのは新鮮な言語かもしれないと思ったのだ。だが、今後は地図だけを頼って移動せよと命じられたジャングルの動物のように、外国のことばはどうしてもぎくしゃくと不自然な感じがした。

数年前、眠っているときに、まるまる一冊の小説を夢に見たこともあった。何か月か、あるいは何年もかけてようやく仕上げ、推敲し、出版され、ある読者には称賛され、別の読者にはけなされるという夢だった。そのすべてをわずか数分間で夢に見たのだ。ひょっとすると、小説家が経験するあらゆることを、夢のなかであまりにも生き生きと体験してしまったために、現実の本を書きたいという欲求が満たされてしまったのだろうか？　いまでは読んだり思い出したりするほうが好きなのも、ひょっとするとそのせいなのだろうか？

4

小屋にすわってラム酒を飲みながら、ときおり彼は形而上学的関心事に話題を切りかえたが、そのなかには面食らうようなものもあった。たとえば、あるとき彼はこういった。

「どうして親はこどもを殺さないのだろうか？」とりわけ、母親が自分を吸いつくすこどもを憎まないわけがわからない。母親の自制心が偉大な奇跡のひとつであることはまちがいないというのである。

またあるとき、彼はいった。動物園に行くたびに、猿をあざ笑う観客の姿に悲しみを覚えたものだ。人々がほんとうは自分たちのことをあざ笑っているのだといいたくなることもあった。なぜなら、猿は人類にもっとも近い動物であり、だからこそ笑われるべき存在なのだと。だが、ひょっとすると彼らは無垢をあざ笑っているのではないだろうか？　彼は二度と動物園に行かなかった。

「無垢とはなにかを悟ったとき、人はもはやおのれが無垢ではないことを悟るのだ。そうじゃないか？」

彼がわたしの意見を求めていることがわかったので、それは考えるに値する問題ですねと答えた。

彼の小屋ですごした午後のあいだ、もっぱら彼は、ここにはじめてやってきたころの、昔のクステカルについて話してくれた。当時、新来者はかならず気づいたが、広場の中央の演奏壇の横には、地面に白ペンキで線を引かれた銃弾で穴だらけの壁があった。政府の銃殺場である。法と秩序の象徴がそんなに顕著な町は繁栄するといわれている。たしかに繁栄した。だが、それは遠い昔のことである。クステカルは衰退した。その姿は、これまでに出会った多くの没落したボクサーにそっくりだ。落ちぶれているが、過去の栄光はいまだに尊敬に値するボクサーに。

こんな調子で、パブロ・リノウスキーは、思索したり、質問したり、追憶にふけったりした。けれども、彼との会話でわたしがいちばんよく憶えているのは、いまではすっかりジャングルにもどってしまったが、昔のクステカルでもっとも有名な場所のひとつ、《ラ・クエバ》という名前の酒場の話だった。そこへ通った日々のことを回想するとき、パブロはいつもより力をこめて鼻をこすった。それは、彼にとってけっして忘れることのできない場所だった。

あのころ、このあたりに住むグリンゴはわしだけではなかった。ほかにも何人かいて、大半は麻薬や武器の密輸の罪で逃亡中だった。わしはそのひとりと親しくなったが、ある夜、その男がこの小屋にやってきた。パブロ、そろそろここの本物の文化を見せてやろうと友人はいった。

そこで、われわれは出かけていった。

5

あまり遠くまで行く必要はなかった。ジャングルめざして、町をちょうど半マイル横切るだけだった。傷口をふさぐかさぶたのように、いまではジャングルが繁茂している。だが、その当時は町もずっと大きくて、夜中に徒歩で通過するのは不気味だった。街灯はまったくなかった。中心街は何百人もの人影にあふれ、店やカフェや家々からは人声が聞こえてきた。建物の内部は蠟燭やランタンで照明されていた。おそらく何百年間もこんなありさまで、人声だけが闇にこだましていたのだろう。

われわれはジャングルのはずれにたどりつき、周囲を大樹に囲まれた薄暗い小道をしばらく歩いていった。月はなかった。時刻は九時すぎで、やぶのなかでがさごそと音をたてるジャングルの動物の物音が聞こえた。そのころ、わしは蛇を踏みつけるのをひどくおそれていた。だが、蛇など問題ではない。いつでもかかとに食らいついてくる蚊がうようよしているからだ。町の住民は、蚊を追い払うためにやぶを焼いていた。蚊と煙とどっちが始末に負えないかわからないが。

前方に明かりが見えて、ギターの音色が聞こえてきた。大きなガラス屋根の建物があった。近づくにつれて、看板が読めるようになった。《ラ・クエバ》と書かれていた。五十がらみの女が、竹の門の前に立って、入ってくる客をだれかれかまわず歓迎していた。彼女もグリンゴだった。一目でわかった。かなりでっぷりしていたが、それなりに均斉はとれていた。つまり、体重がまだ下半身に移っていなかったということだ。瞳は茶色で、肌も茶色だったが、まちがいなくグリンゴだった。スペイン語をしゃべっていたが、われわれが暗闇から抜けだして、わしの友人に気づくと、彼女は英語に切りかえた。前から彼を知っていたのだ。友人はわれわれを紹介してくれた。パブロ、こちらはここの女主人《セニョーラ》だ。

彼女に出会ったのはそれがはじめてだったが、その後はしばしば出会った。わしは彼女が気に入り、その後に出会った夫のデリオも気に入った。この町に流れついて《ラ・クエバ》のような場所を手に入れるまで、彼女がどんな人生を送ってきたのかはわからない。当時はだれもそんなことはたずねなかった。だが、彼女の目には、老ボクサーの目にしばしば見かけるのと同じ表情が宿っていたので、さぞかし苦労してきたのだろうと思った。デリオはカーニヴァル芸人だった。ふたりは、二十年前に、こことは別のジャングルの小さな町で出会って親しくなった。デリオはセニョーラより年下だった。おそらく十歳は年下だろう。まるで手術でも受けたかのように、彼女の声はひどく単調だった。せりふがつねに一本調子だったのだ。めったにないことだが、ふたりはこのうえなく満ち足りた人間だった。

だが、最初の夜に見たものは、ジャングルのはずれのいかがわしい酒場を経営する、がっしりとした体格のグリンゴ女性にすぎなかった。

《ラ・クエバ》の内部には、紫煙と灯油ランプと汗のにおいがたちこめていた。メインフロアにはカウンターと五十あまりのテーブルがあって、どこも満席だった。片側に木の手すりがあって、その先はクレーター状にえぐれた深い洞窟になっており、ぐらぐらの木の階段がつづいていた。手すりからは洞窟内のテーブルが見えて、その背後には、岩を背景にして照明されたステージが見えた。われわれのいるメインフロアでは、十人あまりの半裸の女たちが、六、七十人の男性客の相手をしていた。きれいな女もいたが、ほとんどは乳房が垂れているか、腹が出ているか、歯がなかった。女たちが酒の相手をしている男たちも、あまりぱっとしなかった。太鼓腹か、尻がこけた連中のようだった。だが、酔っ払っていることだけはまちがいなかった。カウンターの頭上には天井桟敷のようなものがあった。竹でできた立方体が並んで、ぼろぼろのカーテンがかかっているのが見えた。数人の女たちが、わきの階段から男たちをひっぱりあげていた。

友人はフロアショーを見せるためにわしを連れてきたのだった。そこで、われわれはクレーターを囲む手すりのそばに腰をすえた。ショーは洞窟のステージで行なわれた。ステージのまわりのテーブルは酔っ払いにあふれていた。ほどなくショーがはじまった。

狂ったような顔つきのインディアン女が、背中に袋をかついで、丸石の陰から現われた。彼女がそれをスポットライトのなかにおろすと、それは袋などではなく、頭のない生きた赤ん坊であることがわかった。腕も脚もなかった。首のあるべき場所の小さなこぶに口と目がついていた。女が赤ん坊にトウモロコシのミルク粥を食べさせると、ぴちゃぴちゃという音がして、小さな目がきょろきょろ動くのが見えた。女はなにもせず、ひたすら赤ん坊に食べ物をあたえるだけだった。大半の観客はなんの注意も払わなかった。友人もいったように、《ラ・クエバ》に来るまでもなく、こんな光景は街角でいつでも見ることができた。

つぎの出し物は定番だったが、なかなか人気があった。今度は観客も興味を示した。おどおどした顔つきの老人が、体に布を巻きつけて、足を引きずりながらステージに現われた。老人が布を落とすと、どっと笑い声があがった。老人はズボンをはいていなかったので、象の陰嚢ほどもある巨大な陰嚢がむきだしになったのだ。それはひざまで垂れさがり、西瓜《すいか》そっくりで、てっぺんに小さなペニスがちょこんとついていた。観客は笑いころげながら歓声をあげ、老人はにこにことたたずんでいた。

友人はその症例について聞いたことがあった。老人は何年も前にヘルニアになったが、金がなくて治療することができなかった。腸がどんどん陰嚢に入りこみ、とうとう袋がいっぱいになって、重さも三十ポンド近くになってしまった。いまでは治療できるだけの金を稼いでおり、事実、医者はいつなんどき破裂するかわからないと警告していた。だが老人は、いま治療したら、だれもステージで自分を見たいとは思わないだろうといって、聞き入れようとしなかった。

残りの出し物は、当時あちこちの酒場で見られるのと同じような、性行為のたぐいだった。体をくねらせながらヴァギナを出入りする蛇。犬やラバとセックスしてみせる男女。片目の女の眼窩にひょろ長いペニスをつっこんでみせる異様にやせた男。スツールのうえに立ってインド牛とセックスしようとしている太った男。牛はけろっとしていたが、ふいに尻尾をあげて、男の脚に大便をぶちまけた。男にとっては笑いごとでなかったが、観客は大笑いだった。

それは《ラ・クエバ》の典型的なミッドウィークショーだった。だが、そんなものとデリオの芸とを比較しようなどとは夢にも思わないだろう。ぜったいに。

6

デリオとセニョーラは、このあたりでは最初の自動車の持ち主だった。彼女は入手方法を話してくれた。クステカルを一歩出ると、通行可能な道路はまったくないので、自動車は船で運ばなければならなかった。町の道路もひどいものだった。もともと徒歩やラバのためにつくられたのだ。自動車は大型でスプリングがきいていた。熱気やら腐食やらで、彼らがどうやって動かしつづけたのかわからない。彼らのドライブは、一日に一度、町の中心街を往復することだけだった。ふたりは金持ちだったが、それがクステカルに対する彼らの唯一の愛情表現だった。

二十年間、デリオは国でいちばん有名なカーニヴァル芸人のひとりだった。はじめて彼の出し物を見たとき、リングで味わった痛みなど屁のようなものだということを思い知らされた。彼は〈アグハドス〉として、二十年間、月一回、体に長い串を刺して生計を立ててきたのだ。しろうとでもできるような、肉だけを刺すやつではない。ほんとうに有名な〈アグハドス〉は、腹から背中まで、あるいは脇腹から脇腹まで、串を貫き通すのだ。

デリオがセニョーラに出会ったいきさつはこうだ。彼は串を刺してくれるアシスタントを必要としており、彼女がその仕事に応募した。アシスタントは〈アグヘレアドレス〉と呼ばれており、〈アグハドス〉と同じくらい重要だった。セニョーラを例にあげれば、もしも彼女がへたくそだったら、ちょっとしたまちがいを犯しただけで、デリオを殺してしまうだろう。致命的な臓器を避けるように、狙いすまして串（彼らは〈アグハス〉と呼んでいる）を送りこまなければならないのだ。わずか一インチのずれが命とりになることもしばしばある。冷静な頭と、ゆるぎない腕と、驚異的な正確さが要求されるのだ。彼女はどこかで人体の内部構造について学んだにちがいない。あらかじめ設定された通路に沿って串を刺しこみ、それから引き抜かなければならない。ずれはまったく許されない。〈アグハドス〉の体は地雷原のようなものだとエキスパートはいっている。安全な通り道はただひとつで、専属の〈アグヘレアドレス〉だけがその道を知っているのだ。

デリオは世界でただひとりの〈アグハドス〉ではなかった。大きなカーニヴァルにはかならずひとりはいた。だが、彼の芸をだれよりも有名にしたのは、それを競争に仕立てたことだった。何年もかけて、彼は体に刺す串の数を徐々に増やしていった。毎年、自己記録に挑戦し、そのことを前もって宣伝した。多くは都会からだが、多数の観客がこの特別公演を見物にやってきて、その結果に大金が賭けられた。人々は、彼が何本の串を刺すことができるか、新記録を打ち立てることができるか、以前の記録に到達する前に死んでしまうか、あるいは、彼の〈アグヘレアドレス〉であるセニョーラが致命的なミスを犯して彼を殺してしまうか、といったことに金を賭けた。

ほとんどの〈アグハドス〉は、十本か、せいぜい十五本の串を刺すことができるだけだった。もっとも優秀な〈アグハドス〉のなかには、デリオの記録に挑戦するものもあったが、みなあきらめるか、挑戦している最中に死んでしまった。デリオが赫々《かくかく》たる成功をおさめたので、彼を好まない連中は、彼がライバルの〈アグヘレアドレス〉を買収しただとか、〈アグハス〉に毒を塗っただとかいった噂を広めた。だが、そんな噂を本気で信じるものはいなかった。デリオは彼らのなかでもっとも偉大であり、演じるたびにそのことを証明するのだった。デリオにとって、十本の串など肩ならしにすぎなかった。彼の記録は二十五本だった。そして、引退前にもっと増やしてみせると公約していた。

公演では賭が横行したが、それは公然の秘密だった。それはこの商売の一部であり、デリオもセニョーラもそのことはよく知っていた。彼らは観客が人間にすぎないことを知っていたのだ。

公演が終わると、セニョーラはしばらくデリオの看護師となってつきっきりで看病し、傷が化膿しないように気をつけた。なんでも腐ってしまう雨季にはとりわけ気をつけた。月一回の公演と公演のあいだ、デリオはほとんどの時間を包帯を巻かれてすごし、体のどこからかたえず膿が流れだしていた。

わしは彼の最後の公演を見た。最後の記録に挑戦する一か月前、彼は二十六本の串を最後に引退すると宣言した。その夜の《ラ・クエバ》は超満員だった。友人とわしは立っているのがやっとだった。市長も臨席していた。それに警察署の連中も、弁護士兼歯科医兼医師も、司祭も（彼は目立たないようにしなければならなかった。教会は〈アグハドス〉を認めていなかった）。見物人にとってどの角度が一番かという、いつもの議論が蒸しかえされた。観客の大半は、出入りする串を見るために、横からの眺めを好んだ。串の刺さる部位を見るために、〈アグヘレアドレス〉の肩ごしにながめるのを好むものもいた。串の出口を見ることだけが大切だと考えるものもいた。串の先端がどれくらい正確に出てくるか見ることができれば、〈アグヘレアドレス〉の腕がどれくらい優秀か判断できるというのだ。

7

濃褐色の瞳の小柄な男が、短い下帯姿でステージに現われると、場内は静まりかえる。女は堂々とおちつきはらってあとにつづく。女はこの目的のためにステージに特設された杭〈エスタカ〉に男を縛りつける。男は観客に対して横向きに立つ。演技のあいだ動かないようにするために、いましめはきつい。ほっそりとした体には、二十年間の傷跡が無数についている。

黒いドレスを着た女が、最初の串を刺してもよいかとたずねる。男は頭をうなずかせる。女は〈エスタカ〉のわきに置かれたテーブルに近づく。白い布のうえには長さ二フィートの骨の柄のついた串がずらっと並び、ライトを浴びてきらめいている。女は一本を選びとり、ふりかえって、画家がキャンヴァスに向かうときのように、男の体をじっくりと検分する。それから肋骨のすぐしたの傷跡に串の先をあてがい、背中の対応する傷跡に尖端が顔をのぞかせるまで押しこんでいく。静まりかえった場内に、〈アグハドス〉の肉体を通過していく串のシューッという音が響きわたる。

男は微笑を浮かべる。すべては順調だ。女は仕事をつづけ、男の青白い体内の幾度も使われた通路につぎつぎと串を送りこんでいく。男の姿は、〈アグハドス〉の守護聖者である聖セバスチャンの生きた彫像のようになっていく。

十本目の串を刺し込んでから、女は手を休めて慣例の拍手喝采を受ける。ふたたび刺し込みがはじまる。十五本。二十本。ふたたび休憩。ふたたび拍手喝采。

緊張が高まる。二十一本。二十二本。二十三本。二十四本。女の狙いは的確で、男の肉は鋼鉄を飲みこみ、腹と背中の小さな傷口からは血が垂れる。男は力強く、串を支配して勝ち誇っているように見える。

女は二十五本目の串を送りこみ、過去の記録に並ぶ。雷鳴のような拍手喝采が《ラ・クエバ》を満たす。ここで女は、鋼鉄の枝を生やした肉の樹木のような男をみつめる。

〈アグヘレアドレス〉のつとめとして、もう一本の串を受け入れることができるかと、女は形式的にたずねる。〈アグハドス〉のつとめとして、男は自分の体がそれに耐えられると思うかとたずねる。やめろといってくれるのを望んでいるかのように、女はしばし観客に顔を向ける。だが、それも形式にすぎない。彼らが《ラ・クエバ》にやってきたのは、この最後の串のためなのだ。

女は二十六本目の串をとりあげる。それを優雅にかかげる。がっしりとした体は洞窟の岩のようにゆるぎない。女はこのひと突きを何千回も夢見てきた。この串は男の胃袋の真下に入りこみ、腸の真上のすきまをすみやかにすべってゆき、背骨の第十五腰椎の左側に出てくるだろう。

女は傷のない皮膚に串の尖端を押しあてる。標的の中心を狙う射手のように、じっと神経を集中する。男は身をこわばらせて目を閉じる。女はぐいと押しこむ。一時的に肉がへこむのが見えて、串がするすると飲みこまれ、背中の肉が小さな火山のようにぽつんとふくらんで、尖端がにゅっと顔を出し、血の滴《しずく》が浮かぶのが感じられる。女も男はしばらく動かない。それから、ゆっくりと目を開いて女に微笑みかける。女も微笑みかえす。客席から賛同のどよめきがあがる。それは洞窟中にこだまして、ジャングルまで響きわたる。

だが、男はふいに首をのけぞらせ、蛇のように身もだえる。白目がむきだしになり、頭ががくっと垂れる。

女はぐったりとなった体からすばやく串を抜きとり、地面にほうりだす。観客は彼女がいましめをほどくのを手伝う。彼らは男の体をしなびた羊皮紙のようにステージの床に横たえ、その血まみれのメッセージをじっとみつめる。

8

その大騒ぎのあいだに、友人はいった。パブロ、いまさら医者が来ても手遅れだと。彼のいうとおりだった。あの弁護士兼歯科医兼医師もまっさきにステージにあがったなかのひとりだった。彼がそこにいたのは、そのような緊急事態のためでもあったのだ。だが、デリオはもう死んでいた。完全に息が絶えていた。五百人の目の前で、彼は《ラ・クエバ》の洞窟に死んで横たわっていた。

それは悲しい商売だったが、血も涙もないギャンブラーどもは彼の死で大儲けした。〈アグハドス〉はいつだって運を信じてやりすぎるから、最後にはかならずギャンブラーが勝つことになっているんだと彼らはいう。だが、そういう彼らも悲しそうだった。友人はいった。パブロ、残念だよ。おれたちが毎日味わっている恐怖も、デリオのような男が死んだあとでは、いつもよりちょっぴり苦く感じられると。

セニョーラについてだが、彼女はたやすく慰められるような女性ではなかった。われわれのだれよりも生と死について知っているような気がするんだ。そんな彼女に、なにがいえるだろう？　わしとしては、なにもいわなくてもわかってくれるだろうと願うばかりだった。

9

パブロ・リノウスキーの思い出話はここまで進んだが、わたしはまだ関連に気づかなかった。話に夢中になっていたのかもしれない。セニョーラがグリンゴだったと、彼がしばしば口にした事実も、それほど気にとめていなかった。当時このあたりでは、グリンゴの女性はグリンゴの男性ほど珍しくなかったからだ。だがそれも、つぎのひとことまでだった。「そういえば、彼女にはきみと同じような訛りがあったよ」

たちまちわたしは、雷に打たれたように、すべてを悟った。その気になれば、彼のつぎのせりふだって予言できただろう。だが、わたしは自分の役割を最後まで演じきった。

「どういうことですか？」

「セニョーラだ。彼女にはきみと同じような訛りがあった」

いまやそれは儀式であり、パフォーマンスでもあった。

「ほう、そうですか？　彼女の名前はなんですか？　憶えていますか？」

「スペイン語ではなかったな。デリオはいつも『エスター』と呼んでいたよ。彼女はラストネームも教えてくれた。マックなんとかといったが、思い出せない」

「マッケンジーではありませんか？　エスター・マッケンジー？」

「マッケンジー！　そうだ。エスター・マッケンジーだ。どうして知っているんだ？前に彼女のことを聞いたことがあるのかね？」

わたしはかすかな虚偽のしぐさも見逃すまいと、彼を注意深くみつめていた。だが、泰然とした顔にも、青い瞳にも、一点の曇りもなかった。わたしはパブロが作り話をするような男だとは思っていなかった。思索したり、思い出したりするだけの人間だと思っていた。だからなんとなく、ノックアウトパンチの噂も聞かない相手からノックアウトパンチを食らったボクサーになったような気分だった。マッケンジーという名前を聞かされてぼうっとしていることを悟られまいとするので精いっぱいだった。今度ばかりは、彼が話してくれたエスター・マッケンジーが、パタゴニアのマッケンジーのひとりだということを信じて疑わなかった。そしていまでは、エイモス・マッケンジーとレイチェル・マッケンジーもそうだったにちがいないと信じている。まったく途方もない話だ。こんなことがありうるだろうか？　こんな奇妙な環境で彼らの消息を聞かされるなんて。この場所で、この男から、彼女の消息を聞かされるなんて。

わたしはできるだけ平静さを装った。それはうまくいったと思う。彼は話しつづけた。デリオの葬式について、そして、翌朝目覚めたときに、エスター・マッケンジーがなにをしたかについて……。

10

……彼女が目覚めたときは、もう朝の六時をすぎていた。インコたちが死者だって目を覚ましそうな声で騒いでいるわと彼女は思った。死者だって。けれども彼女はベッドにひとりぼっちだった。熱気のなかでとり行なわれた前日の葬式を思い出した。悲嘆に暮れる顔。共同墓地のやせた赤土と立ち並ぶ墓石。美しく飾られた柩。けれども、会葬者ばかりか、アリだって、そんなものにはだまされないにちがいない。柩のなかの腐りかけた物体を嗅ぎつけて、彼らはすでに周囲を徘徊していた。

彼女は目を閉じたままベッドから足をおろした。もうひとつの枕も、ベッドサイドの椅子のしたから顔をのぞかせているくたびれたサンダルの爪先も、彼の身のまわりの品はなにひとつ見たくなかった。彼女の腰に腕をまわした彼の写真が飾られているドレッサーも見たくなかった。彼の名前も思い出したくなかった。けれども、心のなかでは、『デリオ！　デリオ！　デリオ！』と絶叫していた。

彼女はいつもの儀式にとりかかった。体を洗う儀式、石鹸のかおりを吸いこむ儀式、タオルでぬぐう儀式、黒いスカートのボタンをとめる儀式、白いブラウスをたくしこむ儀式、足をスリッパにすべりこませる儀式、長い髪をくしけずってピン留めする儀式、目と唇に化粧をほどこす儀式、鏡で顔を点検する儀式、ほつれ髪をたくしあげる儀式、旅の衣装を身につけたエスターを値踏みする儀式。

手のひらをすべっていく、ひんやりとなめらかな木の手すりの感触をたしかめながら、彼女は階下におりていった。なめらかなタイルの感触を一歩一歩たしかめながら、涼しい廊下を歩いていく。ひんやりとなめらかな玄関のドアノブをつかむ。ドアを開けてヴェランダに出てみると、朝の大気にみなぎるぬくもりが感じられた。また長くて暑い一日がはじまろうとしているのだ。ヴェランダの日陰にいる彼女をのぞいて、影のなかにあるすべてのものをのぞいて、影は落としてもそれ自体は影ひとつない太陽をのぞいて、世界は長い影の縞模様におおわれていた。

通りは静かだった。漁師たちはとっくに海岸におりてゆき、早朝の漁のために船出していた。いつものように、彼女は彼らの幸運を祈った。三十分もすれば、風が吹きはじめるだろう。彼女は、ヴェランダの籐の寝椅子のそばにきちんと巻かれた太い麻のロープをもちあげた。三つある木の階段をくだって中庭までロープを運んでいく。やわらかな手のひらに粗い繊維がちくちくした。

自動車はいつもの場所に停まっていた。フロントフェンダーが椰子の老木すれすれだった。老齢のせいで葉が茶色になったその椰子は、家よりも高かった。風と太陽という、気まぐれな主人の前でひざをかがめることを学んだ老召使の役割を、それは演じてきたのである。

「完璧だわ」と彼女は思った。

それから、ロープを車のそばの地面におろし、運転席のドアを開けた。閉じこめられていた古革と機械油のにおいがたちのぼった。彼女は運転席に乗りこんだ。早朝なのでふとももがひんやりする。すでにイグニッションにさしこまれているキイが、彼女の体重でわずかにゆれた。オートマチックギアがニュートラルになっていることをたしかめてから、彼女はキイをまわした。思いがけない遠出に胸おどらせる檻の犬のように、エンジンがうなって、それから咆哮しはじめた。

アイドリングがなめらかになるまで待ってから、彼女はまた車をおりた。麻のロープのはしを椰子の老木まで引きずっていく。がっしりとした幹にぐるぐると三回巻きつけてから固く結ぶ。反対のはしを車までひっぱっていって、運転席のドアの小さなスチール枠の三角窓をくぐらせる。それからもう一度運転席に乗りこんで、ドアをばたんと閉めた。ほどけたロープの大部分を車内にたぐり寄せ、ロープのはしについた鳩目を通して、頭がすっぽり入るくらいの輪をつくった。

彼女は座席にもたれてひと息ついた。それから輪をもちあげて、髪の毛やブラウスの襟をひっかけないように気をつけながら、頭をくぐらせた。もう一度深々と息をつき、ハンドルに両手をあてて、旅に全神経を集中した。いまは恐怖もなにも感じなかった。空虚感があるばかりだった。彼女は空虚感という贈り物に感謝した。エンストしないことをたしかめるために、二、三度リズミカルにアクセルをふかした。

準備はできた。

最後に、まるで他人の手でも見るように、右手をじっとみつめた。力強い褐色の指がシフトレバーをつかんで後進に入れた。椰子の葉のすきまから陽光がもれて、ボンネットが炎のようにゆらめいていた。ゆっくりと、最後の息を吸いこむ。それからブレーキペダルを離し、アクセルペダルを床まで踏みこんだ。車はうしろ向きに突進し、通りの向かいの家の白い漆喰壁に激突して停まったときには、太い麻のロープはふたたびたるんでいた。だが、その短い旅のあいだに、それはどんなハリケーンよりも椰子の老木をたわませ、彼女の頭をもぎとって小さな三角窓から引きずりだしていた。そういうわけで、いまの大音響はなにごとだろうと、隣人たちがよろよろと出てきたときに、彼らが目にしたものは、路上に垂れた長いロープと、それにくりつけられた黒い頭髪を引きずるココナッツほどの大きさの赤いかたまりと、車のなかで血の間欠泉を噴きあげている首のない体と、朝日を浴びてきらめいている血染めの窓ガラスだった。

11

ときおり、パブロ・リノウスキーの顔が粗雑なブロンズ像のように傷だらけに見えることもあった。だが、エスター・マッケンジーの死について語ったときには、顔の傷はまったく気にならなかった。彼はいつもよりひんぱんに鼻をすすり、ボクサーの習慣として、折れた鼻を親指でこすっていた。わたしは彼の青い瞳が濡れているのに気づいた。それも、いつもの彼らしくなかった。彼が気をゆるめているように見えたので、わたしはさっきからたずねたくてうずうずしていた質問を放った。

「セニョーラの腹に傷があったという話は聞いていませんか?」

青い瞳がたちまち澄みわたり、そこに驚愕が浮かぶのが見えた。わたしの放ったパンチが予想外だったのだ。

「傷だって? 知らないな。デリオのほかはだれも知らないだろう」

しかし彼はただちに追求しようとはせず、つぎにどんな手に出るかと待ちかまえながら、わたしのようすをうかがった。わたしも彼をみつめていたが、同時に、ひとりひとりのマッケンジーの運命とその死について知らされた奇妙な巡り合わせについても考えていた。未開のジャングルの病院で熱に浮かされたようにしゃべったエイモス。鏡に映った自分の姿に反抗したレイチェル、短い死出の旅に出かけたエスター。

パブロは探りを入れはじめ、遠い昔に耳にしたセニョーラに関する噂でわたしの反応をうかがった。彼女はどこかで売春婦をしていたそうだ。麻薬密売人の情婦で、情人をけんかで射殺したという噂もある。パブロは、そういった噂をいくつも耳にしていた。

彼はわたしの反応をじっとうかがっていた。わたしはなにを聞いても驚かないぞと自分にいい聞かせた。だが、じつのところ、驚愕を吸収する心のスポンジは、わたしの場合、とっくに水浸しになっていた。

彼はことばをつづけた。すべての〈アグハドス〉は、いつかほぼ確実に〈アグヘレアドレス〉の手にかかって死ぬことを知っている。けれども、ふたりのあいだの愛はけっして異常なものではない。自分を愛するものの手が、同時に自分を殺すものの手でもあると知ることは、もしかすると慰めではないだろうか？

どこまで本気だろうと思いながら、わたしは彼をみつめた。その青い瞳を読もうとしたが、もはや彼はなにひとつ明かさない人間になっていた。

12

最後の日の午後、北に向かって出発する前に、わたしは海岸にあるパブロの小屋を訪れた。彼はハンモックに寝そべって、白カビにおおわれた本を読んでいた。われわれはいっしょにラム酒を飲んだ。わたしは彼の親切を感謝し、とりわけ、《ラ・クエバ》とセニョーラについて話してくれたことを感謝した。彼女についてあんな質問をした理由をずばりたずねられたとしても、気にしなかったと思う。だが、彼はそんなことはしなかった。それほど控え目だったのだ。

用心していたにもかかわらず（わたしはなにひとつ明かさなかった）、三人のマッケンジーの消息を知ったのは偶然にすぎないと確信していたにもからわらず、心の片隅では、パブロ・リノウスキーや、ドクター・ヤーデリや、ＪＰが、正気で直面するにはあまりにもぞっとするような陰謀の片棒をかついでいるかもしれないと、いまだにおそれていたことも否定できない。

だが、パブロはひたすらしゃべっただけだった。わたしやわたしの人生については一度もたずねなかった。最初のうちは、ボクサー時代に学んだ防衛機制のせいだろうと思っていた。われわれは空想のリングにあがったボクサーのようなものであり、そこでは、同情も、憎しみも、無関心でさえも、結果を妨げることは許されないのだと。

だが、いまにして思うと、彼は相手役を演じていただけなのかもしれない。自分自身を完全にさらけだし、自分のすべてをさしだせば、わたしもおそれを捨てて自分のいくらかでもさしだすだろうと思っていたのかもしれない。もしそうだとすれば、わたしはその機会をとらえなかったのだ。いちかばちかの賭がどうしてもできない人間もいるのである。

13

だが、ヘレンにはすべてを打ち明けた。またいっしょになれて、ふたりとも死ぬほどうれしかった。離ればなれになっていた数週間のあいだ、無言の契約と装った偽善の口あたりのよいシチューという、家族生活の味気ない献立はほんとにつまらなかったわ、と彼女はいった。そういうわけで、彼女とわたしはすべてをかなぐり捨てて、ほしくてたまらなかったソースを楽しく味わった。彼女は南国の情熱の湯気の立つ鉢に手をのばし、いっぽう、わたしのほうは、忍耐と情愛の盛られた北国の料理に手をのばした。その形而上学的晩餐会もなかばをすぎて、食欲が充分に満たされると、ふたりは楽しいデザートに移った。

われわれはベッドに横たわっていた。十一月なかばの涼しい夜で、大きな窓からは、星が残らず雲にかき消されているのが見えた。エスターの話を聞かされて、ヘレンはひどく驚いた。彼女もまた、エスターやほかのふたりがパタゴニアのマッケンジーにちがいないと思っていた。われわれはしばらくそのことについて話しあい、それからわたしは、旅についてあれこれ話した。クステカルについて、その地域にはじめて定住した古代文明について、ふたたびジャングルに飲みこまれていく町について。それはふたりの最良の会話のひとつだった。ヘレンは絶妙な意見にあふれていた。

「もっとも完全な文明は、破滅にもっとも近い文明でもあるわ。もはや下降線をたどることしかできないもの。だからこそ、大国家はあっというまに堕落してしまうのよ」

「それを個人にも応用してみないかい？」わたしは議論のためにたずねた。「もっとも完全に近い人間は、堕落の瀬戸際に立っているっていえないかい？」

彼女は微笑した。「もちろん、いえないわ。それに、どっちみち、人類がこれまでに達成した唯一の完全性は、みずからの不完全性を完全に認識したことだもの」

彼女は予測のつかない議論相手だった。

「大昔、そのあたりでは、五十年ごとにすべての建物が埋められてきたとあなたはいったけど。それはほかのことにも応用できるんじゃないかしら。たとえば、あなたのパタゴニアの物語よ。ひょっとしたら、それは埋もれたままにしておいて、暴いたり現在にもちこんだりしないほうがいいんじゃないかしら？」

「ヘレン、今夜のきみはアイデアにあふれているね」

「ええ。もうひとつあるのよ。あなたがパブロの話を聞かせてくれたとき、ことばは本物の〈アグハス〉だと考えていたの。串のように、ことばは人を刺すし、殺すこともできるわ」

　それは楽しい会話だった。しかし、形而上学的ディナーで形而上学的食欲は満たされても、わたしの肉体はまだ飢えていた。

「ヘレン、刺すものといえばたくさんあるよ。たとえば、ぼくだって刺すものをひとつ持っている。これも〈アグハス〉の一種だし、そうしたければ、きみはこれできみの体を貫くことができるんだ」

　わたしは彼女の手をとって自分のペニスに押しあてた。それからわれわれは〈アグヘレアドレス〉の役割を交互に演じながら、ベッドのなかでふたりだけのカーニヴァルをくりひろげたが、その手順は、結局のところ、ほとんど同じだったと思う。

　そのあとで、ドナルド・クロマティにまた手紙を書くつもりだということを彼女に告げようとしたが、そんなことをしたらきっと眠れなくなるにちがいないと思った。そこで、またパラダイス・モーテルに行こうと提案した。海岸まで旅をして、いつもの部屋を予約して、好きなことをやりまくるんだ。

　それよりもすてきなことなんて思いつかないわ、とヘレンはいった。数分後、彼女は眠りについた。わたしは横になってうつらうつらしながら心に決めた。ドナルド・クロマティに手紙を書いて、エスター・マッケンジーについて発見したいきさつを報告しよう。いまでは、ヘレンもわたしも、エスターやあとのふたりのマッケンジーが以前に書き送ったザカリー・マッケンジーの兄弟姉妹だと確信していることも知らせよう。彼のほうの調査の進捗状況もたずねよう。

だれだってそこまではわからないと思うが、もはや手紙など必要ではないことが、そのときのわたしにはまったくわからなかった。とっくに気づいていなければならないことまで気づかなかった。残された時間はあとわずかで、まもなくすべてが解明されることになっていたのだ。まもなく、完全に。

第五部　ザカリー

ザカリー・マッケンジーは、弟のエイモスと同じ時期に《アビイ》で数年間すごした。彼は内気だが豪胆だった。たとえば、十三歳の誕生日の夜に、高い塀をよじのぼって村の共同墓地に忍びこんだことがある。彼は掘られたばかりの墓穴にとびこみ、その日の午後に置かれたしるしのあるハンカチをとりもどした。それから、数人の少年を誘って孤児院の礼拝堂に忍びこんだこともある。少年たちが見張っているあいだに、彼は祭壇によじのぼり、ズボンの前を開けて聖櫃《せいひつ》に小便をふりかけた。その冒瀆行為はすべての少年たちを震撼させた。

十五歳になるころ、彼は現実のザカリー・マッケンジーが、みずから創造したイメージの影にすぎないと感じるようになった。教会の牧師たちは、彼が虚栄の罪を犯していると思いこんだ。熱心に鏡をのぞきこんでいるところがしばしば目撃されたからである。自分の顔を構成している長く骨っぽい鼻や、乳青色の虹彩のある細い目や、ふつうの口や顎などが、自分にとってはなんの意味もないことを、彼は牧師たちに話さなかった。

孤児院を去るときが来ると、彼は見習機関士として商船隊員養成学校〈SSデゾレーション〉に入学した。二年生のとき、商船隊長の娘で、母親のない十六歳になるマチルダと全裸でベッドにいるところをみつかってしまった。ザカリー・マッケンジーと関係した六週間のあいだに、男女がおたがいにできることについて、父さんには想像もつかないようなことを学んだわと、娘は父親にいった。ザカリーがこのうえなく親切ですばらしい友人のときもあった。彼女が彼に夢中になったのもそのためだった。ときにはとめどなく好色になって、あそこがひりひりして挿入できなくなるまで、彼女の体をくりかえし求めることもあった。ときには厳格な道徳家になって、悔い改めよ、悔い改めよ、と説教することもあった。ときにはサディストになって、彼女をベッドに縛りつけ、ベルトでひっぱたいたり、乳首を嚙んだり、強姦したりすることもあった。ときには彼女の目の前にひざまずいて涙を流し、体に尿をかけてくれ、髪の毛に糞をなすりつけてくれと懇願することもあった。ときにはよそものになって、彼女の顔も知らなければ、親密だったことさえないふりをすることもあった。ふたりとも、その夏のはじめまでは処女と童貞だった。

〈SSデゾレーション〉を追われたザカリー・マッケンジーは、小さな定期船の機関士の職をみつけた。船員たちとはうまくやっていたが、同僚の高級船員たちは彼のことをどう考えていいかわからなかった。彼のことばは真意をぼかすためのカモフラージュとして使われることがしばしばだったのである。このわかりにくさに苛つくものもいたが、妙に心が安まるものもいた。航海中はよく本を読み、日記もつけた。孤児院を出て以来、兄弟姉妹とは一度しか会わなかった。

『ノート』A・マクゴウ

I

翌晩の真夜中ごろ、わたしはぐっすり眠っていたので、寝室の隣の書斎の電話が鳴ったとき、ヘレンはわたしをゆり起こさなければならなかった。わたしはわけのわからない夢を見ているところだった。友人とパーティに出席しているのだが、だれひとりわたしのことを知らないらしく、どうしたんだと話しかけようとしても、自分の声まで聞こえないのである。

なかば夢のなかをさまよいながら、わたしはふらふらと書斎に歩いていった。まだ夜だということはなんとなくわかった。ときおり表の道路を通過していくシャーッという車の音が聞こえたから、雨が降っていたにちがいない。わたしは受話器をとりあげた。

「もしもし？」自分の声が聞こえて、わたしはほっとした。夢は終わったのだ。

「エズラ、こんな時間にすまない。ドナルド・クロマティだ」

聞き覚えのある低いハイランド訛り。驚くべきだったかもしれないが、そうではなかったので、いかにも驚いたふりをしなければならなかった。

「クロマティ！　元気かい？」

われわれはしばらく長距離の挨拶をかわし、それから彼が、おもむろに用件をきりだした。

「四人のマッケンジーのことなんだが」

まるでまったく別の用件であるかのように、わたしは彼がことばをつづけるのをおとなしく待った。

「最年長のザカリーに関する情報をもつ男をみつけたんだ。くわしい話はしてもらえなかったが、彼は本物だ。四人の名前をすべて知っていた。イザベル・ジャガードがわたしに連絡しろといったという。知らないと思うが、こっちでは彼女は著名人だったんだ。彼が話してくれたのはそれだけだ。われわれがふたりそろったら話してもいいが、そうでなければ話さないといっている。だから、すべてきみしだいだ。こっちに来られるかね？」

2

飛行機は朝の九時に空港の上空を旋回した。これまで何時間も、高度三万フィートで、洗剤の泡の砂漠のような雲海の中を飛行してきた。だが、ふいに雲が切れると、眼下に広がるなだらかな緑の丘に乳房をふくませている、黒ずんだ怪物の下腹部めがけて、飛行機は降下していった。われわれは目立たないように着陸し、滑走路をこそこそと走り抜けて、ターミナルのライトの近くの安全地帯にすべりこんだ。

ついに、ドナルド・クロマティの登場である！

彼は到着ゲートで待っていた。みつけるのは簡単だった。背が高く、猫背で、その顔は幼年時代のニキビとの戦争のせいであばただらけの戦場のようだった。髪の毛はすっかり薄くなっていたが、それがいかにも似合っていた。体つきのほうも、ずっと前に成熟した心にやっと追いついていた。用心深い微笑とおだやかな声は昔のままだった。久しぶりに会えてうれしいよとわたしはいった。われわれは挨拶をかわしたが、緑の瞳にはじめて見かけたきびしさに気づかなかったら、もっと心が慰められ、くつろいだ気分になれたかもしれない。

3

われわれは彼の古いメルセデスに乗りこみ、東の首都をめざして産業不毛地帯の薄汚れた町々を通過していった。高速道路はすばらしかった。石炭殻をくっている高価な鎖のようなものだ。われわれは話にふけり、旅はみるみるすぎていった。

クロマティは、何か月も前にマッケンジーについて調査をはじめたいきさつを話してくれた。わたしの予想どおり、調査はたちまち行きづまった。戦時中の爆撃で灰になった公記録保管所。西部諸島の人口減少。そのために、証人をみつけるのは不可能だった。それに、いくつかの島のうち、わたしの祖父、ダニエル・スティーヴンソンの物語にあてはまるのはどれかつきとめる必要があった。

だが、彼の調査をいちばん妨げたのは、申したてられた犯罪に関する文書が存在しないことだった。新聞社がそれほど控え目だとはとても思えなかった。彼はマッケンジーと名のつくものを残らず調査した。わたしの話にもとづいて、ノートを手離さず話好きだったザカリーは、やがて小説家に転向したかもしれないと考えた。クロマティは少なくとも五百人のマッケンジーという作家の経歴を調べたが、なにもみつからなかった。

ようやく道が開けたのは、調査の妨げになったメディアを反対に利用してやろうと決めたときだった。〈ノーザンニュース〉紙に広告を出したのである。メッセージは明確だった。

『世紀の変わりめに、島のどこかで起きた家庭内犯罪について調べています。犯罪に巻きこまれた家族の名前はマッケンジーです。父親は医師で、四人のこどもは、エイモス、レイチェル、エスター、ザカリーと呼ばれていました』

翌日、ひとりの男が電話をよこし、いったいどうして興味があるのかとたずねてきた。クロマティがわたしのことを話すと、男はことばをつづけて、友人のイザベル・ジャガードに協力しろといわれたが、自分は法的責任をおそれているので、秘密の厳守が必要だといった。クロマティはイザベル・ジャガードのことを知っていたので、保証をあたえてから、こうしてわれわれが向かっている会見を手配したのだった。

彼の話が終わると、今度はわたしが南方旅行や、エスター・マッケンジーの消息を知ったいきさつや、彼女とエイモスとレイチェルがパタゴニアのマッケンジーであると確信していることなどを話した。

わたしが話し終えると、クロマティは頭をふった。そんなに多くの奇妙な関連と偶然に満ちた出来事にはお目にかかったことがないというのだ。

クロマティは、不可思議に尻ごみするような男ではなかった。彼は知られざる隠遁《いんとん》僧《そう》の集団が数世紀前に存在した証拠を発見した歴史学者だった。彼らは西海岸の沖合の島々で邪悪な禁欲的生活を送っていた（霊魂の旅の行程として、自分たちの手足を切断したのである）。この学究的探偵作業によって、彼は国際的名声を獲得した。

だから彼にわけがわからないといわれたときは、身のあかしを立てろといわれたような不快感を覚えた。わたしはなにもいわなかったが、彼ははじめからわたしの話の信憑性を疑っていたのかもしれない。ひょっとすると、わたしがダニエル・スティーヴンソンから聞かされたということも信じていないのかもしれない。こうして、ザカリー・マッケンジーのことを知っている人間がみつかったのだから、すべてがわたしのでっちあげでないことを信じてくれればいいのだが。

まるでわたしの心を読んだかのように、クロマティは「たとえどんな結果になろうとも」マッケンジーの謎を解明するつもりだと力説した。ちらちらとわたしを見ながら、彼はそのことばを何度もくりかえした。わたしは内心の疑念とその理由を知らせなかった。

　およそ一時間後、われわれは予想していたよりも早く首都に到着した。わたしはダッチェス通りから離れた小さなホテルの部屋を予約して、二、三時間ほど手足をのばしたいといった。眠れない夜間飛行の窮屈な姿勢のせいで疲れていたのだ。クロマティは、会見まで市内のいろいろな書店をひやかしてひまをつぶすことにしようといってくれた。

4

　わたしはたっぷりと休息し、六時をまわるころ、クロマティとともに会見場所である数ブロック先のバーに急いだ。われわれが足を急がせたのは、ちょうど十一月の中旬で、あたりは闇につつまれ、隣接するファース湾から吹きつけてくる寒風がいつものスコールのような雨を市内に運んできたからである。それはまさしく狂風だった。〈ラスト・ミストレル〉の扉をくぐって店内に入ると、ふたりともほっとした。立ちこめる煙草やパイプの煙をすかして、わたしは店内を見まわした。そこは格調高いバーで、一方の壁には埃だらけの両刃の剣《クレイモア》や円盾がずらっと飾られ、敷物がわりのタータンチェックの血管のような縞模様は、遠い昔に、数本の錆びた短刀《スキーンドウー》によって血を失ったかのようだった。もう一方の壁からは、褐色にくすんだ一ダースあまりの肖像画がわれわれをにらみつけていた。ひょっとすると彼らは、壁沿いのプラスチックテーブルにすわった数人の陰気な客たち（女はひとりもいなかった）の先祖なのかもしれない。

だが、少なくともそこは暖かかった。クロマティとわたしは隅のテーブルのひとつに腰をおちつけ、なまぬるいウイスキーで凍った骨を溶かしはじめた。ようやく人心地がついたとき、扉が開いて、執拗な寒気がどっとなだれこんできた。そのすきま風の原因は、かなり年配の男女の登場だった。老人はツイードのコートを着て、老女は黒ずくめだった。女性は白髪に白い顔で、サングラスをかけていた。男性は赤ら顔で、年齢のわりにがっしりしていた。男は店内を見まわし、みつめているわれわれに気づくと、これまでに何度もそうしてきたかのように、老女のひじをしっかりつかんで、われわれのテーブルに近づいてきた。

「教授ですか？」

クロマティが立ちあがると、男はしわがれ声でしゃべりつづけた。

「わしはギブ・ダグラス。電話で話したのはわしだ。こちらはイザベル・ジャガード」

クロマティはわたしをふたりに紹介した。イザベル・ジャガードはなにもいわず、手もさしださず、われわれの手を見ようともしなかった。彼女は盲目だったのだ。ギブ・ダグラスは慣れたしぐさで彼女を椅子にすわらせ、われわれも腰をおろした。クロマティとわたしは彼女の沈黙のせいでなんとなくおちつかなかった。しかし、彼女はやはりなにもいわなかった。わずかに息を切らせながら、体を縮めてじっとすわっていた。白い顔は冷たい夜気のせいでしなびていた。わたしは思わず彼女の唇をみつめてしまった。老女の顔には似つかわしくなく、健康な幼児の唇のように真っ赤なのだ。サングラスにはぽつぽつと水滴がついていたが、当然のことながら、彼女はぬぐおうとはしなかった。

ギブ・ダグラスはカウンターまで酒をとりにゆき、それからわたしの横にすわった。落ちぶれた軍人のようにも見えたが、どういうわけか、元兵士や元警官にしてはひどくびくびくしていた。われわれと同席することがあきらかにうれしくないのだ。彼は焼けただれたような手でウイスキーをあおった。その手がイザベル・ジャガードの手を注文したポートワインのグラスにみちびき、彼女はグラスをもちあげてゆっくりと口に運んだ。ギブ・ダグラスが煙草に火をつけているあいだに、彼女は低い声でしゃべりはじめた。老齢による声の震えはほとんどなかった。

彼女はわたしにいくつか質問を浴びせた。いったい何者なのか？　いったいどうしてマッケンジーなんかに興味を抱いたのか？　情報を手に入れたら、それをどうするつもりなのか？　ザカリー・マッケンジーについてどこまで知っているのか？　あるいは、知っていると思っているのか？

この短い質問の連禱は、しなびた顔に似つかわしくない唇からよどみなく出てきた。わたしは彼女の口に心を奪われていたので、それがもはや動いていないことにもほとんど気づかなかった。それから彼女はサングラスをはずして、ぎごちなくテーブルに置いた。彼女の目は白濁してふくれあがり、死んだ虹彩はウサギの目のように左右にそっぽを向いていた。

わたしは、彼女も知っていると思われることを手短に説明した。少年時代に祖父のダニエル・スティーヴンソンからマッケンジーの物語を聞かされたこと。大きくなってからすべては作り話にすぎないと思うようになったこと。ところがその後、《自己喪失者研究所》でドクター・ヤーデリに会ったときに、彼女がエイモス・マッケンジーという名前を口にして、彼の運命について語ったこと。そのためにわけがわからなくなり、クロマティの助けを借りようと決心したこと。

クロマティにとってははじめての話ではなかったが、それでも彼は耳を傾けながら、じっとわたしをみつめていた。ギブ・ダグラスはあいかわらずそわそわとおちつかず、酒を飲んだり煙草を吸ったりしながら、なにか不快なものをためこんでいた。イザベル・ジャガードがわたしの話をどう思ったかはわからない。その白い顔と光を失った目は、もはや感情を表現することができなかったからだ。しかし、わたしが話しているあいだ、ずっと耳をそばだてていたから、きっと興味をひかれたのだろう。

わたしはふたりのマッケンジーに関する最近の発見についても説明した。レイチェルとエスターで、名前がぴったりで、おそらく同じ家族の出身だと思われると。それからふたりの死についても話した。一度か二度、わたしがことばをとぎらせるたびに、彼女は頭をふってこういった。

「そうなの？　そうなの？」

わたしが話すべきことを話し終えると、イザベル・ジャガードは死に顔の中央でうごめいている二匹の蛭《ひる》のようにも見える唇をすぼめた。

「クロマティ教授の業績はよく知られています。わたしはもう読むことはできませんが、毎日読んでもらっているんです。そうよね、ギブ？」

その質問は彼女の唇から官能的にこぼれ落ちた。

「教授がマッケンジー家に関する調査を行なっていると聞かされたとき、知っているものが残らず死んでしまう前に、すべてをあきらかにするときが来たと思いました」

そこで彼女はギブ・ダグラスに連絡をとるようにいって、すべてがわたしからはじまったことを知ったのである。彼女はわたしに顔を向けた。

「真実が語られるとき、あなたがここにいるべきだと悟ったのです」

　クロマティがじっとみつめていたので、わたしはおちつかなかった。しかし、彼女はことばをつづけた。

「ギブをのぞいて、これはいままでだれにも話したことはありません。不正な理由で使おうとしているのではない人々の手に真実をゆだねるのは、けっして悪いことではないだろうと彼を説得しました」

　この件に関して、なにが不正な理由で、なにが正しい理由なのか、わたしにはさっぱりわからなかったが、話をつづけてくれとうながした。

「何年も前、わたしはこの都市で出版社を経営していました。失明する前のことです」

　表情のない顔は悲痛を表現することができなかった。

「いまでもわたしは、あのころ見ていたように自分の姿を思い描いています。髪は栗色で瞳は緑色でした。ときおりギブは、現在のわたしがどのように見えるか話してくれます。そうよね、ギブ？　それは盲目の強みのひとつです。年老いていく自分の姿を見ることができません。他人の嫌悪だって見えません」

　そういう彼女の唇はねっとりと赤かった。ギブ・ダグラスが彼女にちらっと目を向けたが、なにを考えているのかわからなかった。

「十六世紀から、わたしの一族はだれかがどこかで出版事業をしていました。わたしはその伝統を守ろうと思いました。遺産としてまとまったお金を手にしたので、この都市で小さな出版社をはじめました。それほどもうからないことはわかっていました。金をドブに捨てるようなものだといわれました。そのとおりです。出版にたずさわる人間なら、だれでもそういうでしょう」

わたしは、彼女の声がさっきほど低くないことに気づいた。大学を出てまもなく、事業をはじめようとして、出版するのにふさわしい原稿をあちこちさがし求めていた青春時代について語るとき、その声はいくらか軽やかになるのだった。ハイストリートにあったオフィスのドアを押し開けて男が入ってきた朝のことを、彼女はいまでも憶えていた。背が高く、ほっそりとした顔立ちの五十代の男で、原稿をおさめた茶封筒を手にしていた。何年も船の機関士をつとめたあげく、陸にあがってから二十年間こつこつと書きためてきたが、出版されたことは一度もないと男はいった。

名前はザカリー・マッケンジーだと男はいった。

「原稿は喜んで見せてもらいますが、なにも約束できませんとわたしはいいました。追って連絡しますというと、彼は出ていきました」

クロマティとわたしは、そのさびれたバーにすわって、ギブ・ダグラスがイザベル・ジャガードの指をポートワインのグラスにそっと押しあてるのをじっと待っていた。クロマティは黙ってみつめており、わたしはなにを考えているんだろうと思った。少なくとも、マッケンジーのひとりであるザカリーが存在し、ひょっとするとまだ存在しているかもしれないという、たしかな目撃（そのころ彼女は目が見えたのだ）証人がここにいるのだ。クロマティはわたしをみつめなかった。

イザベル・ジャガードは話を急がなかった。人に話すのはこれがはじめてだったので、出来事の順序を頭のなかで組み立てていたのだ。ウサギのような目が左右をうかがい、危険はないと判断したのだろう。深々と息を吸いこんでから、その夜、ザカリー・マッケンジーの原稿を家に持ち帰って、最後まで目を通したいきさつについて話しはじめた。

5

それがベストセラーになりそうもないことはすぐにわかった。『独房』と題されたその小説は、犯罪者植民地の人生模様を、簡潔に、誇張して描いたものだった。文体は古めかしく、登場人物はまったく途方もなかった。人工の樹木の森を植えた男。書物やピストルをふくめ、ありとあらゆるものを口から吐きだす魔女。囚人に負けず劣らず常軌を逸した刑務所長。市民に人格の交換を奨励する女市長。必要を覚えるたびに人格を交換しているうちに、彼らは本来の人格を忘れてしまうのである。

その小説になにか美点があったとしても、時代がそれにふさわしくないことを、イザベル・ジャガードははっきりわきまえていた。世界恐慌は遠い過去のことではなかった。だが、もっと重要なのは、民族主義者の運動が最高潮に達していることだった。大衆は楽観主義や愛国主義を鼓舞する書物を求めており、『独房』のように曖昧なファンタジーは求めていなかった。

だが、理由ははっきりしないが、その小説には、なにかイザベル・ジャガードの心をひきつけるものがあった。そういうわけで、巣立ったばかりの経営観念は無謀さに顔をしかめたが、彼女が自分の成熟した審美的な部分だと思いたがっているなにかは、それを出版しろとわめきたてた。

そんな若いころでも、彼女は著者と個人的に親しくなるのを原則としていた。それゆえに、原稿について口にしないという条件で、ザカリー・マッケンジーと何度か会った。しばらくして、彼のことがよくわかるようになり、その可能性に満足してから、ようやく彼女はオフィスで彼と面会し、彼の小説を出版するという正式な決定を伝えた。ザカリーは顔を輝かせた。あまり過大な期待を抱かないようにと彼女は警告した。

「ザカリー、正直いって、これは小説ではありません。ゆるやかに結びつけられた短篇の集まりにすぎません」

彼があまりにもすばやく自己弁護したので、彼女はびっくりした。

「それが人生というものだ。小説のふりをしたひと握りの短篇というやつが」

宣伝のために経歴についてたずねると、彼はひどく口が重くなった。何度も会って、かなり親しくなったにもかかわらず、彼はこれまでの人生についてあまり語ろうとしなかった。ようやく聞きだすことができたのも、家族に悲劇があって、彼と兄弟姉妹は孤児院に送られ、その後、さまざまな商船の機関士になったということだけだった。

それから彼は、乳青色の瞳で彼女をみつめて、特にたのみたいことがあるといった。これまでに話した曖昧な経歴は使わないでもらえるとありがたい。本名で出版したくないからだ。本名はむしろ忘れたいのだ。できれば〈アーチー・マクゴウ〉というペンネームを使いたいのだが。

そのとき、イザベル・ジャガードはびっくりするとともに、いささか変わった名前だと思った。だが、彼がアーチー・マクゴウという名前で出版しつづけるかぎり、反対する理由はなにもなかった。彼はそうすると約束した。

つづく数年間で、『独房』、『ジャック船長』、『饗宴』と、彼の小説を三冊出版したが、どれもあまり売れなかった。だが、民族主義者たちはアーチー・マクゴウに目をつけた。彼らは彼をたびたび槍玉にあげ、彼の作品を時代遅れで陰鬱だとこきおろした。

イザベル・ジャガードは、同じ立場に置かれた人々のように、無視するのがいちばんだと忠告した。この手の政治的な運動は命令と信奉に頼っている。したがって、それらは生命と芸術のアンチテーゼであると。だが、彼は黙っていなかった。その頑固さは、彼の作品に編集者の立場から変更を加えようとするたびに気づいた彼の一側面だった。そういうわけで、彼は民族主義者に対して、考えられるかぎり最悪の手段に出た。すべての新聞社と大手の文学雑誌〈ホームランド〉誌に手紙を送り、寛容と公正を訴えたのである。それは彼に対する敵意をいっそう強めただけだった。〈ホームランド〉誌の編集長で、アンガス・キャメロンという名前の男は、その後、アーチー・マクゴウについて不親切な発言をする機会をけっして逃さなかった。

だが、きわめて異常なことが起きた。彼の最新の小説『饗宴』と、前の二作が売れはじめたのである。ほんとうに売れはじめたのだ。イザベル・ジャガードは需要に追いつくことができなかった。その地域のすべての本屋が、毎日のように、アーチー・マクゴウの作品ならなんでもいいから、すぐに送ってくれと要求していた。彼の本は倉庫で埃をかぶっていたので、彼女はそれがさばけていくのを見てうれしかった。一週間で、在庫はすべてなくなり、彼女は第二版の印刷計画を立てはじめた。アーチー・マクゴウのキャリアはついに離陸を開始したかのように見えた。

6

　ここでイザベル・ジャガードはギブ・ダグラスに顔を向けた。さっきからウイスキーを浴びるように飲んでいたにもかかわらず、彼はさっきよりもそわそわしているように見えた。彼女の低い声がなだめるような響きを帯びた。つらいのはわかるけど、思い切ってなにもかも話してしまいなさいと彼女はいった。彼はその前に酒をとりにいった。

　ドナルド・クロマティがようやく口を開いた。「図書館の蔵書をいくら調べても、ザカリー・マッケンジーに関するものがみつからなかったわけがわかりましたよ。ペンネームの可能性を考えるべきでした」

　わたしもこの間を利用して、彼女にいくつか質問した。

「ザカリーはパタゴニアへの旅について話したことがありますか？」

「憶えていないけど、あったと思うわ。いろいろな場所に旅行しているから」

「家族のことや母親の殺害について、はっきり話したことはありませんか？」

「いいえ」

ギブ・ダグラスが新しいグラスを手にしてテーブルにもどってきた。

「ギブに知っていることを話してもらいましょう。彼が話しているあいだに、あなたの興味をひくようなことをできるだけ思い出してみましょう」

ギブ・ダグラスはなにやらつぶやき、ウイスキーをあおって深々と煙草を吸った。彼はイザベル・ジャガードに目を向け、それから自分の手の甲をみつめ、ようやく決心がついたのか、しわがれ声で話しはじめた。

7

「当時、わしは学生で、民族主義運動に加わっていた。議論を戦わせたり、駅の壁にペンキでスローガンを書いたりするだけだった。だが、教室にすわっているよりはずっとおもしろかった」

ギブ・ダグラスは、おかしくもないことを話そうとしている男のように、神経質な笑い声をあげた。煙草をもつ手が震えており、それに気づいて押さえようとした。イザベル・ジャガードは耳をそばだてて彼の話を聞いていた。赤い唇がかすかに開かれていた。

「われわれはアーチー・マクゴウ（その名前でしか彼のことを知らなかった）を誘拐せよと命じられた。たちの悪い冗談のようなものだ。彼の本は一冊も読んだことがなかった。アンガス・キャメロンがわれわれのグループのリーダーで、彼はマクゴウの根性を憎んでいた。われわれにはそれだけで充分だった。おもしろ半分で、わしは誘拐の手伝いを買って出た。

われわれは八月の深夜に車でマクゴウの住まいに向かった。彼はオールドタウンの共同住宅《クローズ》に住んでいた。そんな時間には人影ひとつなかったが、われわれはおびえていた」

話しているうちに、ギブ・ダグラスの態度が一変した。彼自身は物語のなかのひとつの単語にすぎなかったが、物語をその単語のすぐれた舞台背景にしようとしているのだ。ほんの数分前までは、そわそわと不安そうだった。ところがいまでは、語りに熱中し、ことばを巧みにあやつり、それを効果的で印象深いものにしようとしていた。ほんとうの聞き手であるイザベル・ジャガードにちらちらと目を走らせながら、なんとか彼女を満足させようとしているのだった。

「われわれは忍び足で共同住宅の階段をあがり、梃子を使ってマクゴウの部屋のドアをこじ開けた。そこは個室住宅で、彼はベッドに寝そべっていた。われわれはずかずかと近づいて押さえつけた。彼はすっかり目を覚ましていたが、逃げようとも、助けを求めて叫ぼうともしなかった。おびえきったようすで、われわれをじっとみつめていた。彼はベッドにひとりきりで……」

8

……彼はベッドにひとりきりで、それはもう何年も前からのことだった。毛糸の覆面をかぶったふたりの男がのしかかってきたときは、こわいことはこわかったが、それほどでもなかった。だが、こわがっているふりをしたほうがいいと思ったので、そうした。彼らの動作から、若者であることがわかった。自分をどこかに連れていこうとしているのがわかると、パジャマのうえからコートをはおりたいと思ったが、電気コードでうしろ手に縛られてしまった。どうして自分を誘拐したいのかたずねようと思ったが、口に四角い粘着テープを貼られてしまったので、ことばはうめき声にしかならなかった。

覆面をかぶった男のひとりで、ずんぐりとした体つきの若者が、押し殺した声でささやいた。

「黙れ！　さもないと黙らせるぞ」

ひったてられるようにして、彼は階段をおりていった。脚がまだ目覚めきっておらず、裸足に舗道がひどく冷たかった。それから車の後部座席に押しこまれた。シートの破れた古い黒塗りの車だった。車は急発進し、不規則にあえぎながら人通りの絶えた石畳の道路を駆け抜けると、アスファルト舗装の田舎道を南に向かって疾走しはじめた。

恐怖はほとんど感じなかったので、すべてをきわめて冷静にとらえることができた。彼らが民族主義者であることはわかっていた。身代金を支払う人間がいると、本気で思っているのだろうか？　彼らがそこまで心得ちがいをしているとは信じられなかった。ひょっとすると、最近の彼の本の予期せぬ人気が、なんらかの象徴的な理由で、彼を誘拐に値する人間にしたのかもしれない。恐怖はほとんど感じなかったので、冷静に考えることができた。さんざん暴言を浴びせられたあげく、彼らが誘拐したくなるほどの成功をおさめたとすれば、なんという皮肉、なんという意図せざる敬意だろう！

南へおよそ二十マイルほど行ったところで、高い雲のすきまから月が顔を出すたびに、車の窓ごしに、山々の埋葬塚のように盛りあがった低い丘が見えた。自分の小説にちりばめたくなるような丘だった。田舎の風景に接し、恐怖もほとんど感じなかったので、ますます故郷に帰ってきたような気分になった。車は速度をゆるめ、丘のふもとにつけられた傷にすぎないような砂利道に乗り入れて、一マイルか二マイルがたごとと走りつづけた。車は出入口のある自然石の石塀の前で停止した。静寂が訪れた。付近に停められた十台あまりの車の姿がぼんやりと見えた。ふたりの誘拐犯のうちのずんぐりしたほうが後部ドアを開けた。

「おりろ！」

年齢を感じながら、彼はよろよろと車からおりた。靴をはいていないので、足の裏がちくちくした。男にこづかれて石塀の出入口をくぐり、曲がりくねった羊の通路を通って、斜面をのぼっていった。空気は澄みきってさわやかだった。ヒースと煙のにおいがした。何マイルもつづく荒地《ムア》が月と隠れんぼをしていた。

一時間前にふたりの男が彼のアパートに侵入してからはじめて、なにか非常に不愉快な目に遭わされるかもしれないという思いがちらっと頭をかすめた。さっきより恐怖が強まったわけではなく、興味がわいただけだった。小説を書きはじめたときとまったく同じで、つぎになにが起こるかまったくわからなかった。

百ヤードほどくだった谷間に、あかあかと燃える焚火と、十人あまりのひしめく人影が見えた。ずんぐりした男が声を張りあげて叫びはじめた。

「おおい！　つかまえてきたぞ！　つかまえてきたぞ！」

ふたりの男は、じっとたたずんでみつめている仲間のところに彼をひったてていった。誤って谷間に置かれた標識灯《ビーコン》のような焚火は非常に大きく、薪はぱちぱちと盛大にはじけて、静かな夜に音を響かせていた。グループはひとり残らず毛糸の覆面をかぶっており、ときおり白目が焚火の光を受けてきらっと光った。ずんぐりとした男に背中を押されて、彼は焚火から数ヤードと離れていない小山に倒れこんだ。

　倒れこむときに小山をちらっとながめ、その直後に尖った角と湾曲したへりを感じたので、その正体がはっきりわかった。それは本の山だった。そのなかでも平らな部分は、一時的にせよ、彼の体をしっかり支えてくれたが、まだうしろ手に縛られていたので、バランスをとるために立ちあがろうとすればするほど、ずるずると体がすべった。そのうちに山全体がぱっくり割れて、体が半分飲みこまれてしまった。

　靴をはいていない足が地面に触れた。本の山から産み落とされた生き物のように、彼はひざをついて小山から這いだした。ちらつく光を頼りに足元を見ると、自分の本がまじっているのがわかった。最新作『饗宴』の背表紙が見えた。『ジャック船長』や『独房』もあった。

　じわじわと真相が忍び寄ってきた。最初はゆるやかだったが、しだいに速度を速め、ついに真相を悟って、彼はすすり泣きはじめた。そこに積みあげられていたのは、すべて彼の本だったのだ。饗　』、『ジャ　船、アー・マ　ゴウ、『　房』、アー饗　』、ジャ　船長』、『　房　、ゴウ、ーチ、マクゴ、ック、ック。彼の名前や本の題名の断片が、てんでんばらばらな向きに散乱していたが、すべて彼の本だった。こんなにたくさん、いったいどこから集めてきたんだろう？　胸がむかついてきた。

「そうだ、すべておまえの本だ」本の山の向こうから、ぱちぱちはじける炎よりも大きな声が響いてきた。覆面をしているが、その甲高い声は、まぎれもなく〈ホームランド〉誌の編集長アンガス・キャメロンの声だった。

「一冊残らず集めたぞ。市内のすべての書店から注文したのだ。全部集めるのに二週間かかった。人気作家になった気分はどうだ？」

焚火の熱気のなかで、体を震わせながら、彼は集められた自分の作品でできた、それほど大きくない本の山の向こうをみつめた。もうなにも聞きたくなかった。だが、キャメロンは小山をまわってこっちにやってきた。覆面の穴から、見憶えのある人を見くだしたような目がのぞいていた。

「完全に正気な人間がこんなくずを読みたがるとは、まさか思わなかっただろうな？　とりわけ最後のようなやつを」

まるで汚物でもつつくようなしぐさで、彼は一冊の『饗宴』を長靴でつついた。

「こいつは特にひどかった。残らず買い占めるために莫大な金を費やさなければならなかったが、こんなものを人々に読ませずにすんだと思えば安いものだ」

ほかの覆面が彼をあざけるように笑っていた。なにもいうことはなかった。まったくなかった。だが、閉じた口からなにかが洩れていくのがわかった。いくらこらえても、とらわれの身になったことばのすべてが、ひとつのうめき声となって洩れてくるのだった。

「われわれがおまえの本をどのように評価しているか、おまえに見せてやろうと思ったのだ」とキャメロンはいった。

彼はほかの連中（衣服や声から見て、何人かは女だった）に合図した。彼らは山から本をかかえてきて、焚火にほうりこみはじめた。

彼がじっと見守るなかで、まるで夢のなかのように、無数の本が傷ついた鳥のごとく表紙をはばたかせながら、炎のなかでぱっと燃えあがり、夜空に照明弾を打ちあげたが、それもむなしく、救いにくるものはだれもいなかった。しょせんは飾りたてられた薪にすぎない自分の作品の火あぶりを、彼はじっとみつめた。熱気が波のように押し寄せてきて、鼻を刺す煙が顔面を襲い、目と鼻がひりひりした。焚火はぱちぱちと音をたて、火夫たちはせっせと仕事に励んだ。薪がすべてなくなると、彼らはうれしそうに炎をながめた。

いきなり前に走りだしたとき、遠い昔の焚火の記憶が一瞬よみがえった。ここと同じような丘陵地帯で、男たちが輪になって焚火を囲んでいた。いまではみんな死んでしまい、もはや彼らのものはなにひとつ残されていないのだ。彼は全力をふりしぼって熱と音のなかにとびこみ、脚を踏んばって炎の丘を駆けあがっていった。はじめはなにも感じなかったが、ふいに炎がメスと化して、白い足や、白い腹や、顔面を切り刻みはじめたが、なによりもおそろしいのは、まだうしろ手に縛られていることだった。しかし、彼自身のことばが、創造者である彼の肉をむさぼり食らい、みずからをもむさぼり食らっても、彼は悲鳴をあげなかった。なかにはよみがえるのもあったが、不死鳥《フェニックス》ではなく、夜空に舞いあがって闇のなかに消えていく、灰と化した紙の断片にすぎなかった。

9

ギブ・ダグラスは、ただれた両手に頭をあずけて深々と息をついた。だが、話はまだ終わっていなかった。しばらくして、彼はことばをつづけた。

アーチー・マクゴウは、火にとびこむことで、見ていたものたちの若さまで奪い去っていった。彼らは麻痺したように立ちつくした。ギブ・ダグラスとその相棒は、マクゴウのあとを追いかけようとしたが、数千冊の本がごうごうと燃えさかっていたので、炎の境界線を突破することができなかった。そこで彼らは、長い材木で炎をかきわけ、なんとかしてマクゴウの体をひっぱりだそうとした。ぱちぱちはじける焚火のなかから、彼の体がジュージューと音をたてるのが聞こえ、溶けてゆく体から炎が立ちのぼるのが見えた。ギブ・ダグラスは、やけくそのあまり、腕をのばして彼の片脚をつかんだが、全員がぞっとしたことに、足首がずぼっと抜けてしまった。

ようやくアーチー・マクゴウの体をひっぱりだしたときには、あちこちから骨が突きだした黒焦げの焼死体になっていた。彼らは死体を焚火の跡に放置して、むっつりと車で帰宅した（アンガス・キャメロンは、マクゴウが火にとびこんでから、ひとこともしゃべらなかった）。数日後、灰のそばの黒いかたまりのにおいを嗅いでいるコリーをみつけた羊飼いが、警察に通報した。

死体の身元はついにわからなかった。捜査はあまり徹底的ではなかった。有力者の息子や娘が、この件にかかわっていることを警察が察知したためだろう。結局、焚火が尋常ではなく、多数の足跡が残されていたにもかかわらず、検視官は自殺であろうと発表した。ヨーロッパ全土ではるかに重大な事件が勃発していた時代だったので、新聞はこの事件をほとんど報じなかった。そういうわけで、アーチー・マクゴウの死は、その小説家としての経歴と同じように、闇から闇へと葬り去られたのである。

しかし、なにもかも同じだったわけではない。ギブ・ダグラスとその友人たちは、民族主義者やそれに類した政党とはきっぱり縁を切った。彼は重度の火傷《やけど》を負った手を治療するために一週間入院した。だが、三十年の歳月も、ほんとうの傷を癒すことはできなかった。アンガス・キャメロンは、やがてショックから立ちなおり、ギブやほかのメンバーを説得して運動にふたたび参加させようとした。真の愛国者にはやさしい心のような贅沢は許されないのだと彼はいった。

10

ギブ・ダグラスの話は終わった。アーチー・マクゴウの死について知っていることを、彼はイザベル・ジャガード以外のだれにも話したことはなかった。それについて考えることすら避けてきた。彼はまたウイスキーをあおり、イザベル・ジャガードに目を向けた。もう帰れるのかな？

まだだった。イザベル・ジャガードがまたしゃべりはじめた。ザカリー・マッケンジーに連絡をとろうとして、行方不明であることがわかったのは、焼死事件から一か月もあとのことだった。荒地でみつかった焼死体が彼ではないかという考えが頭をよぎったが、その疑惑は心に秘めてだれにも話さなかった。

「民族主義者がこの件となにか関係があることは、だれでも知っていました。だからわたしはなにもしなかったのです。当時は、だれを信頼していいのか、だれにもわかりませんでした。ギブが話してくれて、やっと真相を知ることができました。でもそのころには、ザカリー・マッケンジーや、アンガス・キャメロンや、荒地の死体など、どうでもいいことになっていました」

わたしはギブにたずねた。

「彼の腹部に傷跡があったかどうか知りませんか？」

彼はわたしをちらっとみつめ、それからイザベル・ジャガードに視線を向けた。彼女はわれわれが見たものを見ることができなかった。その苦々しい表情を。

「たずねるべき相手はわしではない」と彼はいった。

イザベル・ジャガードの無表情な眼球がぐるぐると動いた。ギブ・ダグラスは立ちあがり、コートのボタンをかけて、彼女が椅子から立ちあがるのを手伝うためにうしろにまわった。

しかし、彼の手を腕に感じたとき、彼女はちょっと待ってといった。ちょうど思い出したことがあるの。さっきあなたが祖父のダニエル・スティーヴンソンの話をしたときにもそうだけど、たったいま、あなたが傷跡についてギブ・ダグラスにたずねたので、また思い出したのです。ザカリー・マッケンジーに最初の本を出版したいといった日に、彼がアーチー・マクゴウというペンネームを使いたいといったとき、どうして自分の名前を使いたくないのとたずねたところ、少なくとも彼にとって、ザカリー・マッケンジーという名前は本の腹につけられた傷跡のようなものだと彼はいいました。

「彼はそのとおりのことばを使いました。『腹につけられた傷跡』と」彼女の目はいつもよりふくらみ、唇はそのことばに濡れていた。

「そのときわたしは、なんて奇妙な考えかしらといいました。きみには奇妙に聞こえるかもしれないが、それほど奇妙ではないと思う人もいるんだよ、と彼はいいました」彼女はギブ・ダグラスに助けられて立ちあがり、ふたりは扉に向かった。また老人のアベックになって〈ラスト・ミストレル〉を出ていこうとしたとき、彼女はわたしに声をかけた。明日の朝うちにいらっしゃい。ザカリー・マッケンジーに関する資料があれば、残らずさしあげましょう。少なくとも写真が一枚あったはずです。

11

ギブ・ダグラスが扉を押し開けて、ふたりが出ていくと、かわりにすきま風が吹きこんできた。クロマティとわたしが最後の酒のために残っていると、茶褐色の肖像画が非難の目つきでわれわれをみつめた。クロマティがあまり静かなので、わたしはなにかいわなければならないような気がした。

「なんとおそろしい運命だろう」

「だれの？」とたずねられて、わたしはびっくりした。

「もちろん、ザカリー・マッケンジーさ」

「まったくだ」

彼はまた沈黙した。そこで、もっと気のきいたことがいいたくなって、わたしはたずねた。「イザベル・ジャガードとザカリー・マッケンジーは恋人だったと思うかい？　傷跡についてたずねたとき、ギブ・ダグラスはなんともいえない目つきで彼女をみつめたじゃないか」

クロマティは、からかうような目つきでわたしの顔をのぞきこんだ。

「だからどうしたというんだい？」

わたしは、いったいなにがいいたいんだとたずねようとした。ほんとうは、なにを考えているんだとたずねるつもりだった。彼の態度ははじめからひどく奇妙だった。だが、わたしがたずねる前に、ようやく話をする気になったか、あるいは少なくとも、いくつかの質問をする気になったのだろう、彼はわたしにたずねはじめた。

「はっきりさせておきたいんだが。ザカリー・マッケンジーは、きみのおじいさんのダニエル・スティーヴンソンにパタゴニアで会ったといったね？」

「うん」

「そしてきみのおじいさんに、殺人事件と四人のこどもの運命について話してから、そのひとりが自分だといったんだね」

「うん」

「そして今度はおじいさんが、きみにその物語を話して聞かせたんだね？」

わたしはうなずいた。

「そしていままでは、マッケンジー家の四人のこどもたちが、すべて非業の死か異常な死を遂げたかのようなんだね？」

「うん、そうらしいね」

「そしてきみは、これらすべての死について、わずか数か月のうちに発見したわけだね？」

わたしはまたうなずいた。

まるでわたしのことばを頭のなかで反芻《はんすう》しているかのように、彼は口を閉ざした。その目はどことなく冷ややかで、その凝視にさらされていると不安になった。彼はまた口を開いた。

「わけのわからないことだらけだというのは、きっときみも認めるだろう。第一に、四人のこどもについてはさまざまなことがわかったにもかかわらず、最初の犯罪とやらの証拠はいまだにみつかっていないわけだね？」

わたしは認めた。ほかにどうしようもなかった。

「最後に、四人のこどもすべてに関して、腹部の傷跡の存在をだれも証明できなかったことは認めるだろう？」

それにもほとんど反論できなかった。ほんとうは彼にたずねたかった。四つの件すべてに疑問を抱いたのは、そもそもこのわたしではなかったかと。だが、わたしはつぎの論理的な質問に備えるのにいそがしかった。

ほっと安心したことに、彼は質問しなかった。尋問は終わったのだ。

それでも、反対尋問にさらされるのはあまり愉快ではなかったので、なにかいいたいことでもあるのか、とたずねた。

「いや、なにもない」と彼はいった。その声はおだやかで、ことばを慎重に選んでいた。もうなにかをほのめかす必要はないんだ。真相はほぼあきらかになったし、事実を注意深く調べさえすれば、きみにもあきらかになるだろう。

「真相はかならず現われる」と彼はいった。

なんのことやらさっぱりわからないと、わたしはきっぱりいった。それは残念だといって、彼は立ちあがった。彼は車で西に帰ることになっていたので、そろそろここを出なければならなかった。

外は雨だったが、〈ラスト・ミストレル〉の壁に飾られたしかめ面の肖像画の真下にすわっているよりはましだった。激しい雨のなかを、われわれは古いメルセデスを停めたホテルの近くの横丁まで歩いていった。

われわれは握手をした。わたしの訪問も、イザベル・ジャガードやギブ・ダグラスとの出会いも、なかなかおもしろかったと彼はいった。街灯の光を頼りに、わたしはできるだけ彼の顔色を読もうとした。だが、あばたに雨水が流れこんでなめらかになった顔は、まるで見知らぬ他人の顔だった。イザベル・ジャガードの資料でなにかおもしろいものがみつかったら、帰りしだい手紙を書くよとわたしは約束した。車に乗りこみながら、彼は最後にぽつんといった。

「もうすぐ、なにもかもおさまるべきところにおさまると思う」

雨がかからなくなったので、なじみ深い顔がまた現われた。彼は微笑を浮かべ、頭をうなずかせ、車のドアを閉めて走り去った。車が遠ざかるにつれて、わたしの心の平安が隠れ家からもどってきた。

第六部　パラダイス・モーテル

I

翌朝、わたしは早起きし、朝食をとってから、どんよりと垂れこめた灰色の空のしたを歩いてイザベル・ジャガードの自宅に向かった。彼女の家は、ねたみを買わない程度に質素な外観をした、あの重厚な古いテラスハウスのひとつだった。ギブ・ダグラスがドアを開けた。自分を嚙んだ犬にまたでくわした男のようにむっつりしている。彼は、わたしをイザベル・ジャガードのいる薄暗いマホガニー張りの客間に案内した。彼女はサングラスをかけて暖炉の前の長椅子にすわっていた。黄色いブロケードのカーテンは開けはなたれ、部屋着の襟元も開けはなたれていたので、薄い乳房がちらっと見えた。彼女は長椅子をぽんぽんとたたいて、わたしを横にすわらせた。腰をおろしたとき、快適でも不快でもないかすかなにおいが、彼女の体から漂ってくるのに気づいた。

ギブが屋根裏部屋の箱のあいだをさがしまわって、ちゃんとアーチー・マクゴウの資料をみつけてくれましたと彼女はいった。厚紙の書類ばさみが、長椅子のそばの小さな長方形のテーブルのうえに置かれていた。この部屋に入ってきたとき、そのテーブルには気づいていた。その形と装飾的な真鍮の把手のせいで、こどもの柩そっくりだったのだ。書類ばさみのなかをごらんなさいといわれたので開けてみた。そのなかには、封のされていない大きなマニラ封筒が二通入っていた。わたしは薄いほうの封筒を開けて、引きのばされた写真をひっぱりだした。へりが黄ばんでいたが（半世紀は前のものにちがいない）専門家の手になるもののようだった。

「それは写真？」彼女がたずねた。

「ええ」

2

ふたりの若者が、白い壁の前に敷かれたペルシア絨毯に立つふたりの娘の左右に立っている。スタジオか、レストランか、劇場かもしれない。写真の左側には、ふたりの若者のうち、わずかに年上に見えるほうが、詰襟の制服を着て立っている。彼は背が高く、細面《ほそおもて》で、垂れた口髭を生やしている。目が細いので、瞳がほとんど見えない。曲げた右腕は、上着のポケットによって、白いシャツの袖口のところで唐突に終わっている。写真の反対側には、年下らしい青年が立っている。彼はスーツとボウタイとスパッツを身につけている。細面だが、悲しげな大きい目と、もじゃもじゃの髪をしている。左手はすぐ横のゴムの木の幹に置かれている。堅苦しいポーズをとっているにもかかわらず、ふたりともわざとカメラから視線をそらせている。年下の青年の横には、彼に体を触れないようにして（四人それぞれのあいだにすきまがある）、年下の娘が立っている。彼女は、写真には写っていないなにかを、うっとりと眺めている。髪は金髪で、ほっそりとした体つきだ。毛皮の衿のついた長いコートを着ている。その横に立つ、もうひとりの娘だけがカメラをみつめている。彼女はがっしりとした体つきで、四角い顔と黒い髪をしている。ダークスーツのうえに毛皮のストールをはおり、長い装飾的なピンで留めている。ひょっとすると彼らは、他人のふりをするのに失敗した友人か、友人のふりをするのに失敗した他人なのかもしれない。

3

イザベル・ジャガードがわたしの脚を手探りして、ぐっと体を傾けてきたので、薄い乳房がいっそうあらわになった。体からたちのぼるにおいは、かすかに麝香《じゃこう》を思わせた。写真がお役に立てばいいのですが、マッケンジーの小説をさしあげることができなくてすみませんと彼女はいった。どこかの箱にしまってあるはずですが、ギブ・ダグラスはみつけることができなかったのです。彼女が首をかしげたとき、そのギブが別のドアから入ってくるのが見えた。彼はなにもいわなかったが、近づいてきて暖炉の前に立ち、自分の手をじっとみつめた。イザベル・ジャガードは、わたしのふとももをつかみながら、一生懸命にさがせば、まだ古本屋でみつかるかもしれませんといった。

彼女はことばをつづけた。もうひとつの封筒には、ザカリー・マッケンジーが行方不明になるちょうど一週間前に渡してくれた原稿が入っています。自由にお使いください。ザカリー・マッケンジーは、完成した作品ではなく、海で働いていたときにつけていた日記のようなものだといっていました。

わたしは二通の封筒をありがたく頂戴した。彼女がわたしの手を探ってきたので、こちらから握りかえした。肌はしわだらけだが、驚くほど温かく、とてもしっとりしていた。彼女の唇は赤く濡れていた。体をねじっていたので、ローブの裾が開いて、針金のように細い脚と、鉄灰色の恥毛が見えた。サングラスのプラスチックレンズに、ゆがんだ双子のようなわたしの姿が映っていた。じっとみつめているふたりのギブ・ダグラスの姿も映っていた。わたしはすばやく手を引いて立ちあがり、さよならをいって、ドアに向かった。廊下の壁に、額におさめられた大きな白黒写真が飾られているのに気づいた。端整な顔立ちと、人目をひく瞳と、わずかに尖らせた唇をした、はっとするほど美しい女性の写真だった。いうまでもなく、若いころのイザベル・ジャガードの写真である。

どっしりとした木の扉が背後で静かに閉まると、わたしは最上段にたたずんで衿を立てた。ひどく寒くて、雪でも降りそうだった。ちょうどそのとき、まちがいなく、屋内から歌声が聞こえてきた。その瞬間に車が通過していったので、ひょっとすると空耳だったかもしれない。だが、ギブ・ダグラスとイザベル・ジャガードが歌ったなら、きっとそんなふうな、コントラルトとしわがれたバスの妖しいデュエットになるだろう。また聞こえないかと耳をすませたが、もうなにも聞こえなかった。わたしは冷たい空気を胸いっぱい吸いこみ、封筒をわきのしたにはさんで、灰色の光のトンネルのような通りを歩きはじめた。

4

その日はまったく雪が降らなかった。わたしはヘレンのお土産を買うために歩きつづけた（小さなアンティークショップで、ぴったりの品がみつかった。簡素に『詩』

と題された十六世紀の詩集で、内扉には、褪せたインクで、「わたしはわたしではない。哀れなわたしの物語よ」と書かれていた)。それからずんぐりした城をめざして丘をのぼり、城壁からごたごたと密集した都市をながめた。雲や、樹木や、煙突の煙が、ファース湾から吹いてくる潮風にたなびいていた。

その日の午後は何時間も歩いたにちがいない。朝食からなにも食べていなかったので、八時になるころには空腹を覚えていた。そこで(壁に悲しい肖像画のかかっていない)陽気そうなパブをみつけ、一パイントのビールと、グリンピースでふちどられたミートパイと、フライドポテトというパブディナーを食べた。いい気分だった。

だが、十時ごろホテルにもどったときには、かすかなむかつきを覚えていた。原因は時差ぼけか、空腹のまま長時間歩いたせいか、あわてて食べ物をつめこんだせいだろう。わたしはすぐさまベッドにもぐりこんで、無理やり眠ろうとした。だが、横になっているうちに、気分はどんどん悪くなってきた。つのりくる痛みのせいで胸がむかついて、水も飲めないほどだった。

夜中の二時をまわるころ、痛みがとてもひどくなった。わたしは虫垂のあたりを指先でそっと押してみた。異常なし。だが、へそのすぐしたに、なにか触れるものがあった。わたしはランプのスイッチを入れた。あった。こぶのようにふくらんでいる。尖ったものなど存在するはずのない腹の真中になにか尖ったものがあって、内側から肉をもちあげているのだ。どうしよう。わたしは必死に心を鎮めようとした。だが、見ていると、その物体はたしかに動いていた。

恐怖におののきながら、わたしはフロントに電話をかけて、救急車を呼んでくれとたのんだ。

ホテルのポーターがふたりの救急隊員を連れてきたとき、わたしはすでに血とミートパイのまじったものをリノリウムの床に吐いていた。救急隊員は、いくらか熱っぽいが意識はしっかりしているわたしを台車に乗せて、ふかふかのカーペットを敷きつめた廊下を通り、燃えさしの煙草のにおいのするエレベーターまで運んでいった。それからホテルのドアをくぐってひやっとする外気のなかに出た。

救急車に乗っていたのは二、三分にすぎないはずだが、それは永遠につづく苦痛と恐怖の時間だった。物体が腹のなかを動きまわり、体内の粘膜にじかに触れているのを、たしかに感じることができた。

救急車から急患室まで運ばれていく途中、台車がごとんとゆれるたびに、わたしはこらえきれずに絶叫した。いまにも腹が破裂しそうだった。白や緑のおぼろげな人影が見え、指が触れるのを感じ、なだめるような声やたずねる声が聞こえてきたが、わたしは嘔吐をこらえるのに精いっぱいで、答えることはできなかった。一度か二度、低い男性の声が聞こえてきた。

「同意が必要です」

しばらくして、また同じ声がしたが、さっきよりもさらに低かった。

「すぐに手術しなければ、われわれの目の前で死んでしまうだろう」

そしてわたしは、どこまでもつづく白い通路を運ばれていった。右側か左側に白い影がつきそって、わたしの手を握るか抑えつけるかしていたが、どちらなのかはわからなかった。

5

彼はひんやりとした手術台に横たわっている。目の前にまぶしい光輪が浮かんでいる。目をこらすと、緑の人影と白い人影が周囲に集まっているのが見える。彼らのひとりが、「ゆっくりと息をして、ゆっくりと息をして、はい、意識を解放して」とつぶやきながら、巨大な針で彼の腕を刺す。

そして彼も意識を失いたくてたまらないのだが、どうしてもできない。いくらかはやわらかな雲のなかに横たわっているのだが、とり残された部分があって、ぴりぴりしながら目を覚ましているのだ。

さっきの声がほかの人々につぶやく。

「そろそろはじめてください」

彼は叫ぼうとする。「まだだ。たのむ、まだなんだ。まだ意識があるんだ」

だが、唇が麻痺し、手足がぴくりとも動かないので、体を動かすことも声をたてることもできない。

人々がぐるりととりかこんで見守るなかで、メスが彼の皮膚や筋肉を切り開いていく。手術室の冷たい空気がぱっくり開いた傷口に殺到するのが感じられる。沈みゆく船になだれこむ水のようになだれこむのが感じられる。メスを愛している血液は、苦痛を引きずりながら、血管から傷口めがけて殺到する。頭上の照明が発狂した太陽のようにぐるぐる回転する。緑の人影、白い人影、照明、ことば、そして宇宙のすべてが、彼の苦痛の重力のなかで回転している。

それから回転はぴたっととまる。もっと低い声が聞こえてくる。

「なんだ、これは?」

彼は自分の体にかがみこんだ緑の人影に目をこらす。体の奥がぐいっとひっぱられ、むきだしの内臓のあいだから、なにかが引きずりだされていくのが感じられる。目を細めて瞳をこらすと、緑の人影がなにかをかかげて、静かな白い室内に見せているのがかすかに見える。

手術台のまわりに集まった人々が見ているものを見るために、彼は必死に目をまばたかせる。緑の人影はカリパスにはさんで、血と膿にまみれた羊皮紙の巻物をかかげている。注意深く羊皮紙をほどきはじめた手も血と膿にまみれている。低い声が読みはじめる。

「彼らはパタゴニアの闇のなかで焚火のまわりに腰をおろし、南をめざす航海のあいだ毎晩そうしていたように、物語に興じていた……」

低い声はしばらく読みつづける。それから女性のコントラルトがそれを引き継ぐ。しばらくして、おだやかな北方訛りのある男性の声がそれを引き継ぎ、さらに、しわがれ声やなめらかな声、ときには銀色の老人の声、ときには外国訛りと、ありとあらゆる帯域と口調の声がつぎつぎに読みついで、最後にまた低い声にもどる。

「……医師がカリパスにはさんでひっぱりだしたものは、血と膿にまみれた人間の手首だった。彼がつかんでいたのは親指だったので、中指にはまった金の結婚指輪と、長い爪にほどこされた深紅のマニキュアを、はっきり見ることができた」

手術台のまわりに長い沈黙がおりる。彼は麻痺と格闘する。なんとか声を発して彼らに真相を伝えようとやっきになる。だが、動くことができない。彼は自分の筋肉と靭帯に縛られた囚人である。低い声がまたしゃべりはじめ、彼がおそれていたことばを口にする。

「こいつは化け物だ。この羊皮紙をもとにもどして、そのまま腐らせてしまおう」

　手術台のまわりに集まったすべての人影が重々しくうなずく。彼を弁護したり、哀れみを乞うものはひとりもいない。世界が彼を憎んでいるので、彼は孤独にすすり泣きたくなる。だが、流す涙がない。彼らがかがみこんで職務を果たすのを、暗い感情を押し殺しながらながめる。彼はもう一度目をこらそうとする。体のなかにさしのべられた手、それには火傷の跡があるだろうか？　見おろしている顔、それはサングラスをかけているだろうか？　その唇は真っ赤に塗られているだろうか？　彼は最後の力をふりしぼろうとする。彼らに説明しなければ、なんとかわかってもらわなければ。ようやく、彼らにすべてを告げることばが、彼の口からほとばしる。

「やめてくれえーーーっ！」

6

　自分の叫び声で目が覚めた。そのこだまはまだ室内に鳴りひびいていた。びっしょりと冷汗をかき、胸に穴があきそうなほど激しく動悸していた。ホテルじゅうの人々を起こしてしまったにちがいないと思って、ひどく恥ずかしくなった。それでも、悪夢のばかばかしさに笑いだしたくなった。

わたしはベッドに入る前にすべきだったことをした。ランプをつけてベッドから這いだし、パジャマがないことを残念に思いながら、冷たいリノリウムの床に足をおろした（自分を安心させるために、ちらっと腹に目をやったが、尖ったこぶも、傷跡も、なにもなかった）。爪先立って部屋を横切り、扉を開けると、衣装だんすといってもおかしくない直立したマホガニーの柩に向かった。マニラ封筒がポケットから突きだしているのが見えた。

厚いほうの封筒をベッドにもちこみ、肩から毛布をかぶって腰をおろした。封筒は蓄積した歳月の埃のにおいがした。原稿をとりだす。十ページかそこらしかなく、古めかしい針金クリップで留められていた。紙は質が悪くて、いくらか褪せていた。タイトルページにはこう書かれていた。

『ノート』　A・マクゴウ

わたしはページをめくって読みはじめた。

なにを期待していたのか、自分でもわからない。ひょっとすると、意外な新事実のようなものか、ザカリーや残る三人のマッケンジーの謎を解く鍵を期待していたのかもしれない。ちらっとながめたときは、さがしていたものがみつかったような気がした。それは四人のマッケンジーに関するものだった。しかし、ざっと目を通しただけで、ほとんど役に立たないことがわかった。殺人事件や、こどもたちがこうむった悪影響のことはなにも書かれていなかったのだ。はっきりいって、それは実在する人間の首尾一貫した描写というよりも、むしろ小説の登場人物の予備的なメモのようなものだった。わたしは四つの素描をもう一度読もうとしたが、「八歳のとき、エイモス・マッケンジーは、イングランド南部にある孤児や浮浪児（男子のみ）の施設《アビイ》に預けられ……」という最初の一行すら読み終えることができなかった。どうしても目を開けておくことができないのだ。ザカリー・マッケンジーの文章はすばらしい不眠症治療薬だった。

わたしは原稿をベッドのわきのテーブルに置いてランプを消し、ホテルの毛布のざらざらした子宮にもぐりこんだ。必要な数のあくびをしてから、憶えているかぎり、いつもの夢のない眠りに落ちていった。

7

帰宅すると、ヘレンはお土産を気に入ってくれた。とりわけ、内扉の献詞には大喜びだった。「わたしはわたしではない。哀れなわたしの物語よ」。彼女はそれを何度も引用した。わたしが気づかなかったものも見せてくれた。タイトルページに〈発行人ロバート・ジャガード、ボアブックス、ロンドン、一五九九年〉とあったのである。このような偶然こそ、つねにわれわれを喜ばせるものだった。

自宅にもどった最初の夜にヘレンと愛をかわしたとき、わたしがこよなく愛しているのは彼女の存在感であることに気づいた。こわばった乳首に触れること、密生した恥毛に手のひらをあてがうこと、ゆっくりと彼女のなかに入っていくこと、彼女の体のにおいを嗅ぐことは、物質の真実性に参入することだった。それからわれわれは、舌と舌をからませる必要のある語彙を使って、ふたりだけのうちとけた言語をしゃべった。

われわれはあおむけになって、見晴らし窓ごしに澄んだ夜空をながめながら、しばしばそうするように、星の点々を線でつないでいくとどんな形になるだろうかと考えた。北西のあれは北斗七星じゃないかしら？　ヘレンはそうだと思っていた。わたしにはＰという文字にしか見えなかった。意見の相違にもかかわらず、われわれはいつも自分たちの無知を慰めとしていた。たとえどんなに不可解でも、この窓から見える空はわれわれだけの空なのだ。

ひとつ気になることがあった。この前とちがって、イザベル・ジャガードに会ったことや、ザカリー・マッケンジーの死のいきさつについて、ヘレンはほとんど興味を示さなかったのだ。アーチー・マクゴウに関するわたしの理論を説明するために、何度もくわしく話そうとしたが、彼女はその話題を避けたがっているようだった。マッケンジー家の謎はまもなく解決されるだろうというクロマティの見解を話したときも、彼がこの件にからんでいるのを彼女に話さなかったことに、なんの驚きも示さなかった。わたしのことばをちゃんと聞いていないか、それとも聞きたくないかのように、わたしをじっとみつめていた。それから彼女はぽつんといった。

「すると、わたしたちがどこにいるかわかるのも、もうすぐなのね」

わたしは彼女をとても愛していたので、どういう意味なのかたずねることができなかった。だがその夜、そろそろパラダイス・モーテルに行くことにしようと決心した。

8

パラダイス・モーテル。われわれはいつもそこを避難所とみなしてきた。建物それ自体はあまりぱっとせず、荒々しい東海岸に建つ白い羽目板の建物にすぎなかった。所有者は小柄で内気な男で、われわれを信頼していた。メイドは陽気な女性で、けっしてわれわれのじゃまをしなかった。われわれはいつも同じ部屋をとった。簡素な、白い部屋で、海に面した小さなバルコニーがついていた。いまはシーズンオフで（われわれはシーズンオフこそわれわれのシーズンだと思っていた）、モーテルはがらがらだったので、われわれがたのんだのは、部屋を暖かく清潔に保っておくことだけだった。レストランは必要なかった。食べたくなると、数マイル離れた北の町まで車で出かけるのである。モーテルを基地として使うのが、われわれの好きなやりかただった。

冬もかなり深まっていたので、そのうち雪になることはわかっていた。海辺を散歩したり、冷たい潮風を楽しんだり、ほかの場所の丘そっくりの木の生えていない丘にのぼったりするにはよい時期だった。浜辺ではしばしば漂着物をみつけたが、海藻にびっしりとおおわれていたので、なにが入っているかはわからなかった。その正体をあばくには、ナイフで切り開かなければならないだろう。

逗留三日目の朝、散歩に出かけるためにコートを着ていたとき、電話が鳴った。

「エズラ、じゃまをしてすまない。ドナルド・クロマティだ。いますぐ会いにいってもいいかね？」

今度ばかりは、控え目にいってもびっくりしたが、わたしは礼儀正しく応対した。どこからかけているんだとたずねると、三十分と離れていない海岸にいるという返事だった。電話では話したくないという。ほかにどうしようもないだろう。ともかく、できるだけ早く来たまえというしかなかった。

そんなに近くにいるなんて、ほとんど信じられなかった。だれよりも彼が、何千マイルも離れたところにいるという考えを、わたしは慰めとしていたのだ。パラダイス・モーテルにいることは、だれにも話していなかった。これまでの訪問も、だれにも話したことはなかった。われわれがここにいることを、彼はどうやって突きとめたんだろう？

わたしに会いたがっている理由はあきらかだった。最終的な解答である。それをわたしに個人的に示したいと思っているのだ。わたしは心の一部がくりかえしささやいているとばに慰めを見いだそうとした。心配するな、真実を語れば、彼だって無事ではすまないのだから、生存欲がきっと彼の口にふたをするさ。

ヘレンは、浜辺に散歩に出かけるためにコートをはおった。クロマティとわたしをふたりきりにしたほうがいいと思ったのだ。彼女がドアに向かったとき、わたしは悲しい質問をした。

「ぼくたちがパラダイス・モーテルに来ることを彼に話したかい？」

すると彼女は近づいてきて、触れたかどうかもわからないほどそっとキスをした。

「わたしはわたしではない。哀れなわたしの物語よ」と彼女はいった。少なくとも、それが彼女のことばだったと思う。ひどく小さな声だったので、はっきり聞きとることはできなかった。それから彼女は出ていった。

9

だからクロマティが着いたとき、わたしは部屋にひとりすわって、ウイスキーを口に運んでいた。われわれの握手はふたりの距離を確立したにすぎなかった。潮風のなかからやってきたという事実にもかかわらず、彼はなんのにおいも運んでこなかった。その顔はこの前会ったときよりも若そうだった。だが、そんなことはどうでもいい。

なぜなら、彼の目的は老いた死神のようなものだったからだ。彼は勝手に腰をおろした。

「さてと。すべて終わったよ。調査が完了したから、事実をごく簡単に報告させてもらおう。つぎのとおりだ。世紀の変わりめであれ、いつであれ、《ミングレイ》という名前の探検船がパタゴニアに探検隊を運んだことはない。マッケンジーという名前の医師が妻を殺害したという事実はない。そのような医師のこどもとして、マッケンジーという名前のこどもたちが孤児院に送られたこともない。アーチー・マクゴウなる人物が『ノート』なる文書のなかで述べた聖職更生教会なるものは存在しない」

そうしようと思えば、強硬に反対することもできただろう。彼の述べた事実に反論しようと思えばできただろう。いやしくも学者たるものが、名前という単純な事柄をそんなに信頼するなんて、いささか素朴ではないかとほのめかすことだってできただろう。まだ手紙も送っていないのに、どうして『ノート』の内容がわかるんだとたずねることもできただろう。だが、そんなことをしてなんの役に立つだろう?

「ドクター・ヤーデリの記録も、《自己喪失者研究所》の記録も存在しない。広範囲な調査の示すところ、JPというイニシャルの人間がこの国で大新聞の所有者だったことはない。元ボクサーであれなんであれ、パブロ・リノウスキーなる男がクステカルという町に住んでいたことはない。そのような町は存在しない」

そんなことは気にするなということもできただろう。そんなことぐらい、だれだって反証できるさ。でも、イザベル・ジャガードはどうなんだ？　きみだって彼女の話を聞いたじゃないか？　自分の目や耳も信じないのか？　だが、自殺を決意した男に常識は通用しない。

「ダニエル・スティーヴンソンなる男がミュアトンの炭鉱で働いたことはない。ミュアトンそれ自体も存在しない。きみはどうかといえば、エズラ・スティーヴンソン、きみの名前は、われわれが旧友だったときみが主張する大学には登録されていない。きみがいうところの、ダニエル・スティーヴンソン、ジョン・スティーヴンソン、エリザベス・スティーヴンソン、ジョアンナ・スティーヴンソン、イザベル・ジャガード、ギブ・ダグラス、アンガス・キャメロン、エイモス・マッケンジー、レイチェル・マッケンジー、エスター・マッケンジー、ザカリー・マッケンジーなる人物の記録はどこにもない。まったくないのだ。おまけに、きみの報告は時代錯誤と不可能性のごちゃまぜだ」

彼に最後の機会をあたえることもできただろう。即座に反論することもできただろう。でも、クロマティ。きみだって〈ラスト・ミストレル〉にいたじゃないか。きみ自身の耳で、ザカリー・マッケンジーのことや、彼がアーチー・マクゴウとなって焼死したいきさつについて聞いたじゃないか。きみはその場にいたんだ。ぼくもその場にいたんだ。

「いや。きみがだれであれ、生まれてこのかた、きみに会ったことは一度もない」

それでもつづけようと思えばできただろう。なにも知らないふりをして、なにもかも否定し、証拠を示せと強弁することもできただろう。

だが、わたしはそうしなかった。彼は真理に関するペダンチックな観念の論理的帰結を進んで受け入れるばかりでなく、おのれの権利としてそれをゆずらないタイプの人間だった。そしてわたしは最初から、そのことを知っていた。彼はさっきから待っているのだ。わたしを挑発して、彼の正しさを証明する質問をわたしがするのを待っているのだ。

わたしにも守るべき真理があった。だからわたしはたずねなければならないことをたずねた。

「それなら、きみはどうなんだ、クロマティ？　彼らがだれひとり存在しないとしたら、それらがなにひとつ起きていないとしたら、きみはどうなってしまうんだ、友よ」

なぜなら、急になにもかもいやになってしまったのだ。こんな図々しくて恩知らずな連中とつきあうのがたまらなくいやになってしまったのだ。彼らは生も死もわたしに依存しており、わたしをじわじわと吸収していくので、わたしはひどく空虚になったような気がして、もはや自分が存在しているのかどうかもわからなくなってしまった。

10

クロマティがいなくなると、わたしは長い病気から回復しはじめようとしている人間になったような気がした。ヘレンと話すことさえできればいいのだが。結末がどうなったか彼女に話す必要があった。そうすることさえできたら、もっと気持ちよくなれただろう。だが、彼女がけっして散歩からもどってこないことはわかっていた。だから、わたしにできることといえば、グラスにウイスキーを満たし、愛のはかなさにちょっぴり涙を流すことだけだった(これほど多くの苦しみを生みだした男が涙を流すとしての話だが)。

11

パラダイス・モーテルのバルコニーの枝編み細工の椅子にすわって、彼はうつらうつらとうたたねしている。地面にうずくまるような羽目板の建物は、浜辺のかなたの北大西洋に面している。灰色の空のしたに灰色の海が広がっている。男は厚いツイードのオーバーと手袋とスカーフを身につけている。ときおりそうするように、目を開けるたびに、灰色の海とわずかに淡い灰色の空とが出会う、何マイルもかなたの水平線をながめることができる。今日ならこの海は、目のとどくかぎりきちんとした筆記体におおいつくされた、巨大な手書き原稿にたやすくなれるかもしれないと男は考える。岸に近づくにつれて、文字はしだいに鮮明になり、書かれていることばが読みとれるかもしれないと男は考えつづける。それから波はザブン！と音をたてて、薄茶色の砂と、黒い岩と、古いコンクリートの防波堤に砕けちる。なにが書かれていたとしても、そのことばは浜辺の白い泡と消えてしまう。

解説

柴田元幸

「小説を発表しはじめたころ、人からよく『あの話はどういう意味なのか』『この小説であなたは何を言いたかったのか』と訊かれました」とエリック・マコーマックは、二〇一一年九月にトロントで行なわれた川上弘美との公開対談で語った。

「それで私は、とりあえずある答えを口にし、それで相手があまり納得した様子がないと、次に別の人に訊かれたときは別の答えを口にし、そうやって、最大多数の人が納得するらしい答えに落着きました。けれども、実のところは、私にはそんなことはわからない、というのが本音なのです」

いかにもマコーマックらしい発言である。小説とはもともと、たとえば善と悪とか、幸福と不幸とかいった線引きを（少なくともいったんは）曖昧にしたり疑問視したりするジャンルだと思うが、マコーマックの小説を読むにあたっても、我々はあまり、この人は善人だろうかとか、この人は本当に幸福なのだろうか、などと白黒ハッキリさせることをめざしはしない。興味の中心は、何と言っても、虚と実を区切る線がくり返し揺らぐ、その揺らぎ方にある。どうせ誰かの想像の産物だろうと思われた人物が、実在する人物だという可能性が垣間見えたり、あるいは逆に、事実として提示されたものが、単に事実ではないことが判明するのではなく、事実でしかありえないはずなのに事実ではない可能性が現われてしまったり。そういう作品を書きつづける作家であるからして、あなたは何を言いたかったのか、と問われても、作者は確固たる一個の答えを持ってはいない。そもそもそのような答えを持つべきだという発想も持っていなさそうである。

などと言うと、いかにも「ポストモダン」というレッテルが似合いそうな、遊戯的な作家というふうに聞こえるかもしれない。だがマコーマックを読んでいるときの感触は、そういう知的で洗練された戯れという感じとは程遠い。まず実感として、もっとずっと生々しい。マコーマックにとって世界とは、そもそも本質的に、人間が一義的に意味を決定できるような場ではないのだろう。そうした点で、彼の第一長篇である本書『パラダイス・モーテル』は、マコーマックらしさが一番よく現われた、いわば入口として最適の一冊かもしれない。

その生々しさを生んでいるひとつの理由は、マコーマックの小説で語られるエピソードの多くが、肉体に関するものであることだろう。

「体内の寄生虫だよ」と友人は言った。「ギニア虫というんだ。昔はアフリカのギニア海岸でしか見つからなかったんで、そういうのさ。いまでは熱帯中にいて、浄化されていない飲み水に棲んでいる。人間の体内でだんだん大きくなって、しまいには一メートル二十くらいまで行く。そいつが時おり、皮膚を破って首を突き出すんだ。その体をうまく小枝に巻きつければ、もう中には戻れなくなる。でもこれには根気が要る。張りが緩むたびに、少しずつ少しずつ巻いていくんだ。あまり丈夫じゃない糸を使って、魚をたぐり寄せるみたいなものさ。強く引きすぎると、ぱちんと外れて、それまでの苦労が水の泡だ。虫はするする中に戻って、また成長を続ける。外へ出すのに、何週間かで済むこともあれば、何年もかかることもある。時には、あと一息というところで、もう一匹ひょっこり首をもたげたりする。人によっては、奴らを体内から引っぱり出すのに一生を費やすんだ」

――二〇〇二年に発表された『ダッチ・ワイフ』の一節である。『パラダイス・モーテル』でもこのような、人間の体内に異物が入るといった、時にはかなり猟奇的とも言えるエピソードが出てくるが、それらもいわゆる猟奇趣味に単純に奉仕するものではなく、多くの場合、すでに述べたような虚/実の境界線の曖昧化と巧みにつながっている（ちなみに、この「ギニア虫」はいかにもマコーマックの創作に思えるが、実在する虫である。このあたりもなかなか油断がならない）。

エリック・マコーマックは一九三八年、スコットランドはグラスゴーの貧しい、書物や文化とはおよそ縁のない地域に生まれ、グラスゴー大学で英文学を学び、大学院進学をめざしたが、十分な奨学金を出してくれる大学がイギリスには見つからず、北米に活路を求めて一九六六年、カナダのマニトバ大学に進学。ここで博士号を取得し、結局教職もカナダで得て（オンタリオ州、ウォータルー大学の一部であるセントジェロームズ・カレッジ）、数年前に引退したが現在もずっとカナダに住んでいる。カナダに移り住んだのはなかば偶然だったわけだが、カナダに来たことで、「根本的な、実存的苦悩を別とすれば、人生において不幸に思うべき事柄はそんなにたくさんないんじゃないか」と思うようになった、と本人は言っていた（「実存的苦悩《イグジステンシャル・アングスト》」という言葉を少し照れくさそうに言ったのもこの人らしいと思った）。生々しい肉体的実感を伴った、どちらかといえば暗い想像力のはたらき方はいまだスコットランド的と言えるだろうが、全体を一種達観した距離から見ることのできる視点は、カナダに来て初めて得られたものかもしれない。

これまでの作品は、以下のとおり（訳書はすべて増田まもる訳）。

Inspecting the Vaults (1987)　短篇集『隠し部屋を査察して』（創元推理文庫）
The Paradise Motel (1989)　長篇　本書
The Mysterium (1993)　長篇『ミステリウム』（創元ライブラリ）
First Blast of the Trumpet Against the Monstrous Regiment of Women (1997)　長篇
The Dutch Wife (2002)　長篇

冒頭に触れたように、二〇一一年の九月、国際交流基金トロント日本文化センターが主催した日本・カナダ作家の対話講演会にマコーマック氏は参加し、対話相手の川上弘美をはじめ、小説家の古川日出男、俳人の小澤實、日本文学者のテッド・グーセンらとじっくり話す機会を得た。セントジェロームズ・カレッジでの元同僚から、いい人であることはすでに聞いていたが、筆者も含めて、その温かい、剽軽《ひょうきん》な人柄に一同すっかり魅了され、即席のマコーマック・ファンクラブとも言うべき人の輪が出来上がった。二〇〇二年刊の『ダッチ・ワイフ』以降少し間隔が空いているが、長篇小説を現在執筆中とのこと、完成が楽しみである。日本はすでに三冊が翻訳された「マコーマック先進国」だが、今回の『パラダイス・モーテル』の文庫化でさらに読者層が広がり、未訳の近作二篇が翻訳されることを願う。

＊　その後二〇一四年、マコーマックは久しぶりの長篇『雲』（*Cloud*）を刊行した。物語としての厚みがいっそう増した秀作である。二〇一九年に光栄にも拙訳を出したところ、びっくりするくらい多くの方々の熱い支持を得、日本が「マコーマック先進国」であることが改めて証明された。（二〇二〇年二月）

本書は一九九四年、小社の海外文学セレクションの一冊として刊行された作品の文庫化です。

創元ライブラリ

パラダイス・モーテル

二〇一一年十一月三十日 初版
二〇二四年 八 月二十三日 三版

著 者◆エリック・マコーマック
訳 者◆増田まもる
発行所◆㈱東京創元社
代表者 渋谷健太郎
郵便番号 一六二―〇八一四
東京都新宿区新小川町一ノ五
電話 〇三・三二六八・八二三一 営業部
〇三・三二六八・八二〇四 編集部
URL https://www.tsogen.co.jp
DTP 旭印刷・暁印刷
印刷・製本 大日本印刷

ISBN978-4-488-07069-4 C0197